一本来自综艺编剧的诗集
写得出搞笑的综艺，也写得出暖心的诗句

王艳锋◎著

中国民族文化出版社
北　京

图书在版编目（CIP）数据

候鸟逐巢 / 王艳锋著 . -- 北京：中国民族文化出版社有限公司，2023.5
ISBN 978-7-5122-1698-3

Ⅰ . ①候… Ⅱ . ①王… Ⅲ . ①诗集－中国－当代 Ⅳ . ① I227

中国国家版本馆 CIP 数据核字（2023）第 076620 号

候鸟逐巢
HOUNIAO ZHUCHAO

作　　者　王艳锋
责任编辑　李路艳
责任校对　李文学
出 版 者　中国民族文化出版社　地址：北京市东城区和平里北街 14 号
　　　　　邮编：100013　联系电话：010-84250639　64211754（传真）
印　　装　三河市龙大印装有限公司
开　　本　889mm × 1194mm　32 开
印　　张　7.5
字　　数　133 千
版　　次　2023 年 6 月第 1 版第 1 次印刷
标准书号　ISBN 978-7-5122-1698-3
定　　价　60.00 元

谨以此书致敬汪国真老师

序言

诗以言志，歌以咏怀

——写在《候鸟逐巢》出版之际

近日拿到一本广电行业的年轻人所创作的诗集初稿《候鸟逐巢》，读来质朴可爱，满是意韵凝聚的气息。作者的诗风并未过多受到西方诗歌理念或者先锋诗歌创作观念的“浸染”，而是最大程度地呈现了自己的创作风格和美学理念，实在难能可贵。

每个时代的诗歌创作都是有其主流风格和主导流派的。而这些主导流派往往会对同时代的创作者产生巨大的“虹吸效应”。没有自己的创作理念或者理念不明确的作者很容易被不适合自己的流派带着跑而不自知。我一直以为，思辨程度不够深或者创作理念不够清晰者很容易“不识庐山真面目”，反而乐此不疲地醉心于“只缘身在此山中”。1980 年以后，朦胧诗派曾经占据了中国诗坛的主流。当时几乎所有的年轻的创作者都在模仿舒婷、北岛等人。在那个时候，很多年轻的创作者已经不再是为了抒发个人情感和志向而创作诗歌了，而是为了更接近某种创作风格而进行写作。他们所描写的世界不是自己眼中的世界、心中的情感，而是朦胧派诗歌大佬们眼中的世界和情感。在这种创作风气下创作出来的诗歌有点类似于明清时期科举考试的八股文，强调所谓代圣贤立言，写舒婷，写顾城，写北岛，就是不写自己。我在那时候也一度想使自己的诗一个劲地去“朦胧”，却常常“朦胧”成了迷茫。为此，1985 年我在《文汇报》发表了《别了，舒婷北岛》，这篇文章就是呼吁诗歌创作者要写自己的生活，写自己的情感，写自己体悟到了的精神风貌。我说我们是不是不要总是放飞舒婷北岛手中的鸟，我们可以自己去眺望世界；不必执着于为某种主流诗风“立传立言”，我们可以自己去开创一代诗风。

我为后来出现的城市诗群以及“生活流”等诗歌意象也曾经撰文予以充分肯定。可能由于这篇文章当年在文坛引起的震动过大，以至于现在仍有很多研究诗歌发展的学术文章，还在把这篇文章作为当代诗歌发展史中重要的文献资料进行佐引和讨论。学术讨论是一回事，而创作实践又是另一回事。如果不弄清楚我们为什么创作诗歌的话，真的会迷失在同时代的诗歌创作洪流中。《尚书 · 舜典》载：“……诗言志，歌永言，声依咏，律和声。八音克谐，无相夺伦，神人以和……”老祖宗早就告诉我们了，诗歌和音乐是用来表达日常言语无法触及的情感深度和精神高度的。而诗人所要做的艺术处理就是“八音克谐”，即用高度和谐和通感的手法来给读者传递情感，并使其产生共鸣。这种“传递”需要恰到好处，过于接近生活则会丧失艺术美感，过于远离生活则会丧失情感共鸣。这是创作者的艺术手法悖论，同时也是艺术作品中雅俗之争的悖论。而艺术工作者就是在这种创作悖论中抒发情感和传递艺术价值的。如果做得好可以得到情感抒发和读者认可双重收获，而一旦掌握不好就有可能变得无病呻吟或者曲高和寡。

基于上述艺术创作理念，再来回看这本诗集。我们能够明显感觉到在艺术表达和情感抒发两个方面作者有一种微妙的自我平衡存在。虽然在写作的艺术手法上作者还有待臻于成熟，但是在情感抒发上却做到了情感真挚和情绪饱满。能在诗歌的情感表达上做到这一点，那在创作手法和艺术价值层面就是作者美学追求的自我选择了。比如作者在创作理念上受古代诗人白居易和当代诗人汪国真的影响较多，喜欢用直抒胸臆的方式来表达一些生活中的感触，这样的手法有利于情感的直观表达，但对诗歌的回味度却有一定程度的影响。有的时候也会为了诗歌的语言押韵，而牺牲诗歌情感表达的程度，但这并不能硬算为缺点，应是出于作者个人的艺术风格而表现的审美感觉。选择一种艺术手法，就要承担这种艺术手法所具有的优缺点。而作者这种创作手法所带来的优点就是诗歌的画面性。作者非常善于用富有节奏性的表达为读者勾勒出一幅幅清晰的画面，让读者可以在短时间内进入画面里的浓郁情感中。比如说这本书里的一首短诗《远方》：

远方，住着一棵树
听风，听雨
远方，住着一片云
看天，看地
远方，住着一匹马
驮米，驮柴
远方，住着一座房子
等你不来

寥寥数语，几个简单的意象组合就勾勒出了一幅简笔画，把作者心目中对于远方美好向往的画面呈现在了读者面前。

再比如诗集中一首长诗《天上的云那么多》中的几句：

天上的云那么多
哪个是我爱你的那一朵
是被风放牧的羊群
还是被阳光雕琢的爱心

是被白雪覆盖的高山
还是被柳絮簇拥的纱幔

天上的云那么多
哪个是我想你的那一朵
是被雨揣满的心事
还是被雷声唤醒的日子
是被月光投射的颜色
还是被星光点缀的花朵……

这首诗中羊群、高山、柳絮、纱幔、雨云、月色、星光、花朵等意象如果单独拿出来用都是非常普通的意象，但是经过作者的重新组合后就成了画面感非常强的新意象组合。

谈完了作者创作的艺术手法，我们再来说说这本书的题材。就题材而言，这本书里的很多诗作都充满了浓浓的乡愁。尤其是本书第一辑《候鸟逐巢》中的绝大多数诗篇是这类题材。像《种子》开头所描述的那样："你被移植过吗 / 那种从故乡的土里被挖出来的创伤 / 很多年都无法愈合……"从一开头就给人强烈的情感震撼。其他诸如《秋上还乡》《在城市间流浪》《北方月》等诗篇都通过简单地意象勾勒传递了浓浓的乡愁。与普通乡愁不同的是，作者并未把"乡愁"的概念局限于个人情感，而是扩展到了诸如农民工等底层群体。比如作者的组诗《候鸟逐巢》就通过在城市建筑工地上发生的一系列镜像故事，表达了民工群体的思乡之情。其他诸如《绿皮火车开往家的方向》《春节，月光下的村庄睡着》等诗篇也都充满了对底层人民的人文关怀。我相信这与作者的人生际遇有关，也与当代国人的群体境遇有关，共情也就由此及彼如波澜般荡漾开来。

最后我们由书及人，聊聊我所了解的本书的作者。作者是我在任浙江广播电视集团总编辑时招进浙江卫视的年轻编导。当时由于公务繁忙，我与作者并无交集，即使有也只是在群体场合有数面之缘。当时作者所在的栏目组《中国梦想秀》是我非常重视和关心的节目。中国梦想秀，秀中国梦想。这档帮助普通人圆梦的节目也是一档收视与口碑双优秀的节目。如作者的这本诗集一样，《中国梦想秀》也充满了浓浓的人文关怀。这档节目编导每天接触的节目嘉宾都是最普通但却具有最感人梦想的中国普通大众，在感动观众之前往往最先被感动的就是编导自己。正因为作者是《中国梦想秀》栏目的编导，对书中所充满的人文关怀我也不觉奇怪了。相比这本诗集里的艺术创作能力的高低，我其实更看重的是作者抒发情感的真挚度和情绪浓烈度。正如古人所言“诗言志，歌永言”，只要写的是自己内心深处的诗歌，一定可以感动自己和属于它的读者。作者的诗艺也会在属于自己的执着地开创一代诗风的路上得到锤炼，作者也一定可以在攀登过程中去收获眺望远方及常常地勾起的几多乡愁。我相信，作者是幸福的。

程蔚东

2023年春节前夕于西溪湿地

（程蔚东，著名编剧、诗人，曾出任浙江广电集团总编辑，浙江省文联副主席，浙江省作家协会主席，浙江省电视艺术家协会主席，中国电视艺术家协会副主席。诗歌杂志《诗江南》创刊人及主编。）

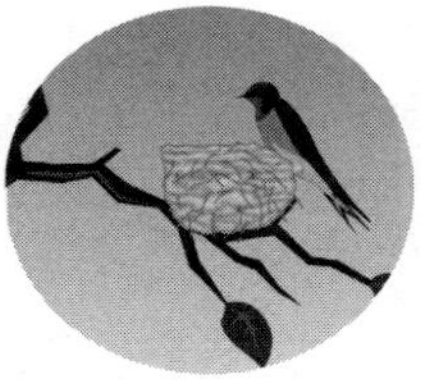

目录 CONTENTS

第一辑

候鸟逐巢

北方月①

北方的月
照耀着北中国苍辽的梦乡
奔腾的月光在夜色里
逐着黄河澎湃激昂

北方的月
说着最朴实的方言
古铜色的汉子血液里流淌着
银色的忧伤

北方的月
很少委婉
永远大开大合地倾泻
洗刷着直来直去的豪爽

① 2018年国庆节期间返乡，10月3日夜，豫北小村月光皎洁，平原作物如山峰影影绰绰起伏不定，百感交集，遂有此作。

北方的月
照耀过祖先的旱烟袋
照耀过爷爷的犁铧
照耀过父亲的耕牛
皎洁的坟茔埋葬着祖祖辈辈
遗传的苦难和反刍的胃

纵横捭阖的笔
描绘山峦的飞翔与降落
用呐喊挥洒出上弦月所有的幕景

史书汹涌的墨水
在夜晚的天空中泼洒得星星点点
没有人在意这些裂开又愈合的伤口
曾经有多么痛
如果你见过大海
你就会理解北方的月
汹涌澎湃的月光呼啸而来
把我七尺男儿的身体拍倒在
远方银白色的沙滩上

北方的月
此刻请用月光
将我埋葬……

阳光是最柔软的玻璃[①]

阳光是最柔软的玻璃
为我隔绝整个世界的安静
色彩之外的绚烂
像凡·高孤独的油画
浓墨重彩地忧伤着
一顶透明的帐篷
把北方的天空撑成穹隆形

最北的黑土地
孕育了我的思想
等待收割的季节
高粱舞动着刀枪，玉米舞动着刀枪
我不怕，不怕黑色绚丽的呐喊
阳光是最柔软的玻璃

---

① 2018年秋，《野生厨房》录制于黑龙江省双鸭山市的853农场，阳光明媚，空气冰凉沁肤，遂有此作。

为我隔绝了整个世俗

白色的云绘出光晕
隔着玻璃纵声歌唱
演奏时空之外的乐声
与我又有什么关系
我只是贴着玻璃肆意表演
安静地穿行

这村子，多像一棵树

这村子，多像一棵树
树干笔直地从县道伸出
一直抵达村尾庄稼地里
在那儿安静地倾诉
路的两旁会不断地伸出枝干
枝干的叶子上结满了
红色或灰色的屋
有夕阳的傍晚
家家户户的烟囱会蹲在屋顶
沉默地抽上一支烟
就如这树的呼吸吞吐暮色的迷离

这村子，多像一棵树
树干里来来往往的是光合作用后
最繁忙的运输
有人哼着歌曲拉来一车希望
有人喊着号子运进一车幸福

就连最老的奶奶也颠着小脚
整理胡同外杂乱的小路

这村子多像一棵树
村子的中心是祖辈的老屋
村子的外围是年轻的建筑
多像一圈圈年轮
把村庄的过去
写成一本无字的书

这村子多像一棵树啊
我站在树的顶端
一阵风吹来
我好像随着树的枝叶
来回摇摆……

种子

你被移植过吗
那种从故乡的土里被挖出来的创伤
很多年都无法愈合
多年以前你风尘仆仆带着故乡的土
被种植在这座城市的钢筋丛林里

我们带着不同的地域风俗
在同一个城市里相遇
用被修剪得很整齐的枝杈
彼此寒暄，伪装是一道绿色的风景
可是暗的根系
却始终在熟睡的夜里伸向故乡

故乡的老树在一年年地张望中
驮着驮着就驮弯了夕阳
你趁着回忆里故乡的月光
假装和城市的路灯一样

拉着沉重的犁铧耕种
满是沥青和柏油的田埂

你把自己当成一颗种在城市的种子
头顶的土再硬再重
哪怕头破血流，也要破土而出
然后在省亲的季节
包好伤口假装衣锦还乡
还会继续回到城市
倔强地野蛮生长……

除夕的饺子

多丰盛的一盆馅儿
伴着爆竹的吵闹和孩子们的欢笑
把这一年的烦心事
在磨得无比锋利的菜刀下剁啊剁
剁啊剁
剁成了味觉的烟花
在除夕的夜里绚丽绽放

过去的日子没有对与错
只有失去和得到
失去的，都随烟花散了
得到的，都会包进这除夕的饺子
母亲絮絮叨叨的话，说老了村庄的树
父亲断断续续的烟，熏黑了祖辈的屋
这种馅儿的饺子，构成了我童年中
关于岁月最初的幸福

日子咸了淡了，都靠那点盐
时光快了慢了，都靠那根弦
有老祖宗传下来的“年”
就没有过不去的难关
有这大肚能容的饺子
就没有中国人包不下的事和难

老子孔子孟子墨子孙子韩非子
道家儒家佛家法家兵家纵横家
每一辈的祖先
都会往我的饺子里
加点馅儿
我吃不完的，加点料接着拌
我嚼不烂的，添把柴继续燃
只要历史留下的这把火不灭
老祖宗留下的饺子
我们就吃不完

除夕的饺子啊
是传承，是团圆
是美好，是祝愿
是家，是国
是祖祖辈辈的薪火相传

在城市间流浪

在城市间流浪
从一个异乡到另一个异乡
路过陌生的乡村
在炊烟里升腾成别人的守望

回家的路有多长
脚步太慢，走不出车站和机场织成的网
回家的路有多长
记忆太远，画不出正在消失的故乡

当你长大
总觉得故乡太小，小得盛不下你的理想
当你长大
总觉得世界很忙，忙得你来不及眷恋故乡

思念短，爱很长，夜来幽梦忽还乡
夜如水，月如霜，相顾无言笑意凉
他乡明月似故乡……

姥姥的阿尔茨海默

腊月二十八大雪，零下 11 度
返乡的雪花伴着北风的脚步
回家的第一件事依然是
和妈妈带上一堆礼物
去看望陷在混乱记忆中的外祖母

很显然八十多岁的姥姥
已经认不出三十多岁的我
叫老年痴呆还是阿尔茨海默已经不重要了
总之已经记不得
甚至连辈分和年龄都一直搞错
一会儿把我唤作爸爸
一会儿又说我是大哥
一会儿说我是大舅的表弟
一会儿又说我是孩子他三姨

我努力帮她回忆过往的点滴

她也拼命地整理错乱的记忆
可是我们之间的谈话依然如故
我说城门楼子她说胯骨轴子
我说数九寒天她问抽不抽烟

这样混乱的对话
在炉火的噼啪声里断断续续
她时而开心，时而疑惑
那些错乱的思维顺序
像极了一场老电影的蒙太奇
不同时空的不同角色
在祖孙的对话里慢慢呈现
终于妈妈说，你姥姥熬不住了
你先回去吧，让她早点休息

我不舍地走出屋门
外面天更黑，风更冷
只剩下雪花伴着孤独的路灯
刚刚走到第二个路灯下
姥姥突然追了出来
大声地呼喊我父亲的名字
显然这来自她刚刚更新的记忆
此刻我需要进入“我爹”的角色里

她颤颤巍巍地拄着拐杖
递给“我爹”一把黄色的油纸伞
从刚才的礼物中拿出几袋饼干
又从贴身的衣服里掏出泛黄的手绢一层一层地剥开
就像翻开我的童年
里面放着一些很旧但叠得整整齐齐的钱
她在寒风中把这些交给“我爹”
一字一顿地说:
这些是捎给艳锋的饼干和零花钱
他在外地上学，今年回不回来过年

蘸着月光写诗

家乡的月亮真好
凉凉的
触摸着庄稼
所有的安静都变成了水的颜色

我倚着门想象
另一处的你是否也有月光
夜的墨越来越浓
却丝毫不减这清澈
这一切仿佛眼睛都能看得见
而耳朵却拒绝交谈

也是
绝对的安静
之于它又有什么意义呢
就好像绝对的孤独之于喧嚣

我蘸着月光写下一首诗
想告诉你：
我家乡的月色真的很好
如果你能来
更好……

在时间的河里

在时间的河里
我是一条被遗忘的鱼
没有人可以安排生活的模样
就像没有人可以阻挡时间的流淌

在时间的河里
被遗忘的鱼也可以自己选择
是顺着水流觅食还是逆着波浪还乡
是顺着生活安排还是逆着困难昂扬
在这条时间的河里，没人记着你
我们都是一条条被遗忘的鱼

在时间的河里
所有的事情都可以有
或者只有七秒的记忆
但是爱情不行
爱了，就会一辈子都被烙印上相爱的标记

在时间的河里
所有的幸运都可以是
或者不是一件快乐的事
比如被幸运的网打捞，然后养在鱼缸
但是自由不行
自由，就会一辈子都被刻上孤单的标记

在时间的河里
我是一条被遗忘的鱼
如果我真真切切地爱你
我会日日夜夜数着泡泡
就像木鱼日日夜夜在佛前敲击
祈祷你能做一条幸福和快乐的鱼

等我老了

等我老了
我就坐在夕阳下
默默地回忆往事
那往事的皱纹里有别人读不懂的秘密

等我老了
我就坐在躺椅里
轻轻地摇晃记忆
许多事记不清，许多事却刻骨铭心

等我老了
我就拄着拐杖
寻找遥远的过去
走得慢是因为有牵绊
再没有人可以催我
肆意怀念我想怀念的

等我老了

我会记得

像一棵老树镌刻铭文一样地记着

某年某月某日的

某个时刻……

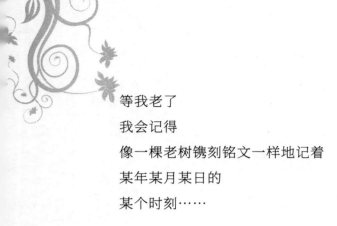

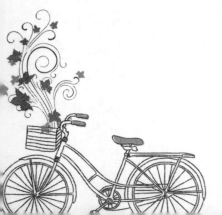

春节，月光下的村庄睡着了[①]

月光下村庄真的睡着了
尽管有些窗户还睁着眼
尽管在这个冬夜把月光都冻住了
可是月光下村庄却沉睡得像一个孩子
像一个留守的孩子睡在
从城里打工回来的父母的怀里
幸福而满足
在村庄的睡梦里
麦苗悄悄地孕育着
其实她知道
将来，孩子们大都是要进城的
从而养活自己和填饱城市的胃
在城市里奔波了一年的人们
也只有在沉睡的村庄里才睡得香
因为他们知道

① 此诗作于2005年春节期间。

城市是从来不睡觉的
所以城市变得有点神经衰弱
守望中的村庄变得很累很累
但是此刻
月光下的村庄睡得很沉很沉
轻点，不要搅扰月光
让村庄好好睡吧
因为天亮以后
很多人又要背上行李上路了

秋上还乡

一条黄色的纱幔
覆盖了整个秋天
风一吹
让蓝白相间的天和云
掀起了故乡田野的波光粼粼

我站在庄稼的海洋上
对着远方一座孤独的房子喊话
房子应和着
和绵延几千里的玉米一起
齐声回答
它们说
你这个异乡人
为什么会说我们这里的方言

母亲喊我回家吃饭
父亲问我刚才在和谁喊话

我说
没有谁
就是喊几声发泄一下

只有我清楚，只有我清楚
我想喊玩疯在田野的
童年
跟着我一起回家

但我清楚地知道
秋天住得下往事
却住不下秋去春来的燕子
故乡写得下回忆
却写不下我的“关于未来的日记”

秋上还乡
你以为的回归
其实是一种流浪……

乡村的午后①

阳光灿烂的午后
残留的积雪
在路旁
懒洋洋地晒着太阳
几只幸福的鸡
在草垛上竖起一只脚
闭目养神
一棵树
低着头欣赏
太阳给自己画的
素描
母亲敲着勺子
呵斥贪吃的猪
父亲的脚步匆匆忙忙
农舍的烟囱点燃一支烟

---

① 此诗作于2005年春节期间。

安静地思考
邻居家门口
那位熬老了岁月的老人
在咀嚼往事
突然
一个调皮的孩子燃放了一个鞭炮
在村庄的上空
久久地回响……

城市的路

城市的路很宽
却总是拥挤不堪
故乡的路很窄
童年的我却跑得飞快

城市的灯光很亮
却从来看不到月亮
故乡的夜很黑
能照亮路的只有故乡的那轮明月

城市的街道很热闹
认识我的人却很少
故乡的街道略显寂寥
可对面偶尔走来的人是谁
我却全都知道

我的身体一直留在城里

可是思念总是跑回故乡
异乡的食物为我充饥
可是舌尖的想念从未停止回忆

城市很近
近得我跑出百里还在这里
故乡很远
远到一张高铁票上的
两个地名之间的空隙都一直填不满

候鸟逐巢（组诗）[①]

逐巢

荒凉是逐巢者永恒的气质
当清晨第一声咳嗽吵醒闹钟
整个工地都开始变得嘈杂了起来
没有睡醒的胃
匆匆地接纳大半天的能量
然后逐巢者开始为这个城市
扩容
轰隆的机械像鸟儿的爪和喙一样
衔来一堆钢筋和水泥
一根根地筑起陌生的巢
父亲的手不小心被钢筋划破了皮
他嘴含着伤口用唾液止血
说没关系，没关系

① 此诗作于 2021 年春节期间。

这周无论如何要结束这里的工程
下周他们就要赶往下一个工地。

来旺

来旺是工地的一条狗
为什么叫这个名字
它是怎么来的，为什么会在这里
没有人能回答这些问题
反正大家来到工地
来旺就已经等在了这里
来旺很瘦，稀疏的毛发纠结着不同的方向
但是无论怎样来旺都是大家共同的宠物
受宠的证据就是无论谁买了好吃的
吃到最后，总有人会来一句
“别吃了，给来旺留点儿”
来旺也是这个工地知道秘密最多的“人”
不，是知道秘密最多的狗
谁有了心事都喜欢对着来旺说
有一次，来旺不知陪谁喝了酒
大半夜对着天空嚎叫
睡着的人没有被惊醒
醒着的人就竖着耳朵听

雨天

雨天的工地难得变得清闲
仿佛整个世界都让给了
淅淅沥沥的秋雨
宿舍左角响着吱吱啦啦的收音机
放着不知名的戏曲
听的人已经打着鼾睡着了
没有听的人并不在意
仿佛这样的噪声才是巢的气息
简易走廊上的视频通话里
诉说着朴实的相思
无非是生活中的柴米油盐
还有工友话语里的荷尔蒙
和对面久别不见的娇嗔
有人组团到临时酒馆喝酒去了
无非几瓶烈酒和必不可少的花生米
那么一粒，一粒……
一粒地数着归期

月色二重奏

老胡来自河北，会拉二胡
老于来自山西，会吹竹笛
有月光的夜里
大家起哄让他俩合奏一曲
一曲《真的好想你》
却怎么都合不到一起
老于说老胡的琴弦没定准
老胡说老于不该用这个筒音
手忙脚乱中有人开始跟着唱了起来
最终变成一首没有指挥的二重奏
月亮带来的风
也会跟着轻轻地哼
哼着哼着就让整个工地
慢慢地集体入梦……

归巢

这一夜
谁都没有睡
其实定了闹钟的

从晚上九点到凌晨四点
有七个小时可以补充睡眠
可等待已经太焦灼了，几乎没有人可以睡得安然
能不能回家的消息一直在工棚里纠缠
最终工头打来了电话说大家的核酸结果都正常
可以在发车前，想办法赶往指定的车站
坏消息是这里是凌晨三点半的郊区
公交停运，打车不只是难，还有心里都不舍那两天的工钱
最终商量的结果是步行前往火车站
三十五公里，人均二十公斤的行李
在这星光闪烁的夜里从一端
慢慢地移往城市的另一端
就像东海之滨的蚂蚁
缓慢而艰难地移向昆仑之巅
父亲说，只要能顺利回家
比起打工的苦，这些难都不算难……

父亲老了

父亲也许真的老了
开始跟我感叹无论他怎么染发

招工的工头们都不愿意要了
听到这个消息我是开心的
以前阻止不了，现在终于不被招用了
他打工走得有多远，当儿女的挂念就有多深
我问父亲是真的缺钱吗
父亲摇摇头，说了家乡的那句老话
“活人活人，活着能干活，才是个体面人儿”
原来，父亲需要的真的不是钱
而是一直谆谆教诲我们的，叫作自力更生的
那份尊严……

那个生长在黄河滩的小村

那个生长在黄河滩的小村
就像我的童年一样
用月光灌溉，用阳光生长
那一望无际的平坦的华北平原
只有在风起的日子
才能看到绿色或黄色的浪

那个生长在黄河滩的小村
就像我的童年一样
经历过寂寞和孤单
那一览无余的旷远的黄河故道
只有在日落的时候
才能看清远处或近处的红

那个生长在黄河滩的小村
就像我的祖先一样籍籍无名
却仍然默默无闻地生长，一代又一代地繁衍

那微薄的收获诉说着
母亲看破却不说破的苦难

那个生长在黄河滩的小村
就像我的父母一样容易满足
只要风调雨顺，国泰民安
他们就像河边的芦苇和野花
生活得无比灿烂，幸福得到处蔓延
真好，这黄河故道迎来的春天

两支烟在黄昏见了面

两支香烟
在乡村的黄昏见了面
一支是红旗渠，另一支是红塔山
一包是 5 元，另一包也是 5 元
没有谁更高贵，也没有谁更低贱
老哥俩推让了半天，最终的结果是相互交换

劣质的打火机防不了风，很多次要点燃的希望
都被这田野的风，无情吹灭
老哥俩自己围成一个圈，就像这么多年相互取暖
终于火点着了，照耀着古铜色的脸庞笑意盎然

两支烟在庄稼的海洋里一明一灭
像矗立的灯塔照亮仍在远处忙碌的渔船
抽一口，夜色的水纹一圈圈晕开
吐一口，黑暗的浓度又一点点收紧
两支烟，聊到高兴处一阵兴奋地咳嗽

仿佛是开关，一下子点亮了村里所有的灯

老哥俩有聊不完的话题
一支烟掐灭了话题，另一支烟又续上新主题
聊到高兴处，甚至已不需要打火机

这两支烟，我都十分相熟
一位是我的父亲，另一位是我的四叔
老哥俩正在兴头上，我不识相地过去劝戒烟
父亲笑着说
我们就像这地里的麦苗
这辈子总是要撒些农药
你们不要学抽烟
不要再作，我们作过的这些难

我陪月光散步

我陪月光散步
此刻的月光是我思想的温度
左手牵着风，右手牵着伸出影子的树
我像一个行走在湖水中的人
不需要说话，不需要呼吸
所有的喃喃自语都会化作圆形的空气
抵达湖面微微泛起的涟漪

我陪月光散步
此刻的云朵是我回忆的迷雾
左脚踏进夜，右脚踏进静脉一样的小路
我像一扇等待在时间中的门
不需要钥匙，不需要锁芯
所有轻轻地敲击都会激起心灵的地震
抵达情绪的瞬间击溃伤痕

此刻，没有人

只有我陪着月光散步
也许是月光最了解此刻的孤独
所以她为我画出影子
画出的影子连着我的脚步
我像一个连线的木偶
影子迈步我也走，影子停住我停留

此刻，没有人
只有我陪着月光散步
到底是月光最知道想念的弧度
所以她为我打开夜风
打开的风喃喃地倾诉
让情绪化作夜色里的风筝
清风吹，飞到月光里
清风停，落在寂静中

阳光下生活的那些烦恼啊
如果有人找我
请帮我转告一声
此刻，不要过来
因为我正在陪着月光
安静地散步

绿皮火车开往家的方向

这是最慢的一趟车
也是最快的一趟车
慢，是因为它要让车
快车、动车它都要让
卑微地停在田野里看其他列车呼啸而过
快，是因为它开往家的方向
山川、河流、都市、村庄它都驰过
飞速奔跑在铁轨上载着思乡的人引吭高歌

这绿皮车里的人是快乐的
因为花很少的钱就可以画一条回家的线
因为有很长的时间可以整理对家的想念
因为背着最简单的行李可以不被另眼相看
因为说着朴实的乡音可以遇见同样的方言

这绿皮车里的人是快乐的
一盒泡面就可以填饱期待回家的胃

一副扑克就可以消磨路上无聊的时光
一些小站就可以赶走候鸟旅途的孤单
一段隧道就可以让想家的路明明暗暗

绿皮火车开进浓浓的深夜
睡着的人用睡眠来缩短长长的距离
醒着的人用清醒来延长回家的甜蜜

绿皮火车开进凛冽的清晨
朝阳为它拂去昨夜的风霜
清风为它整理一路的迷茫

车里的人多像
这长长的车厢
默默绽放在
朴实的异路他乡

绿皮火车开往家的方向
一头是故土，牵着父老和爹娘
一头是远方，牵着未来与希望

秋雨江南

江南的秋雨飘落
如词人指间的长短句掠过

狭窄的雨巷弯弯曲曲，一如你心底的迷离
油纸伞不开，你寂寞的容颜不来
旧窗扉不启，我柔软的别离不提

多少小桥流水的人家
衬托了你这等待了一世的繁华
多少亭台楼阁的朱檐
装饰了你倚窗远眺的夕阳向晚

谁的白帆船越过了万重山
谁的孤鹜飞渲染了一江水
我在点点滴滴的水晕中
唱一曲《踏莎行》
既装点江南的雨

也装饰你未醒的梦

你一句江南好
我就淋湿了青石道
你一句江南好
我就等瘦了杨柳腰

这江南深秋的雨啊
说不清道不明
晴也朦胧，雨也朦胧
一任阶前点滴到天明

克罗地亚狂想曲（组诗）①

萨格勒布

裁一段亚德里亚海的风
沿着十四行诗特有的律动
直抵萨格勒布蔚蓝的天空
以俯视的视角
看这座城市的新的和旧的
泾渭分明
有些人走着走着
就走进了博物馆
有些车开着开着
就开到了新时空
一段诗句来不及写完

---

①　2019年9月，浙江卫视《漫游记》第一期节目录制于克罗地亚的一系列城市，这个中欧小国的历史和美景给我极大震撼，以此作品记录当时的心情。

就被老教堂指向了穹隆
一篇圣咏来不及结尾
就被管风琴送给了清风

扎达尔

用全世界最美的日落
为你写下一段传说
用海风琴[1]最美的乐歌
为你写下几行诗作
回旋往复的浪啊
有暗流汹涌的爱
也有激情澎湃的表白
在扎达尔小城的尽头
我完成一次跨越万里的比喻
哪怕走过再长的路
只要你在地球的另一端
我的爱就像小城广场上的落日余晖

---

① 扎达尔最出名的景点海风琴位于该城的海风琴广场，是由知名建筑师尼古拉·巴希奇所设计的听觉装置艺术，在临海石阶安装有35根不同直径和长度的管状装置，当海浪拍打石阶或海风吹进管状装置时，就会产生不同的声音及旋律。

一端的夕阳照耀着我
一端的晨光温暖着你

斯普利特

这里有西方对东方最早的向往
这里有欧洲对中国最美的幻想
这里是中世纪黑暗中透着文明熹光的小窗
这里也是马可波罗向东出发后最怀念的故乡
斯普利特，伟大信使的家乡
所有关于漂洋过海的故事
都被写进了一本游记
所有关于跋山涉水的勇敢
都被镌刻在历史的丰碑上
小镇那些或红或白的房子
说服不了大海的蓝
马可波罗故居中
那些或明或暗的光束
留不住一个年轻人出发的脚步

杜布罗夫尼克

请把我的心围成一座城堡
倚在落日余晖中凭海远眺
小城杜布罗夫尼克的慵懒中
街头艺人的歌声中仍遗留着骄傲
一座血与智慧筑造的君临城
一部爱和勇敢写成的权力游戏
一幅海和王城对峙的油彩风景
一种夜和阳光交替的黑白记忆
有些潮水带着武力拍打城墙
有些暴雨引着雷电照亮远方
有些船队带着金币驶入城邦
有些时光随着文字载入典藏
只留下马克西姆飞奔的琴键啊
依旧倾诉关于克罗地亚的狂想

追寻的脚步

——致敬汪国真

从未停止追寻的脚步
一如不惧寂寞的旅途
追逐的心一次次靠近
成功之门
留下的却只有背影的伤痕

从未停止追寻的脚步
一如不惧生活的束缚
炙热的梦一次次呼喊
逐梦的激情
听到的却只有岁月的回声

不停的脚步
是我唯一的归宿
崎岖的前路
是我深情地倾诉

追寻的骄傲
可以接受半路跌倒
但绝不接受中途逃跑

追寻的坚持
可以接受从零开始
但绝不接受到此为止

如果追寻的是春天
那就不要惧怕冬日的严寒
如果追寻的是圆满
那就不要在意暂时的遗憾

追寻的脚步啊
要输就输给勇敢!
要赢就赢得明天!

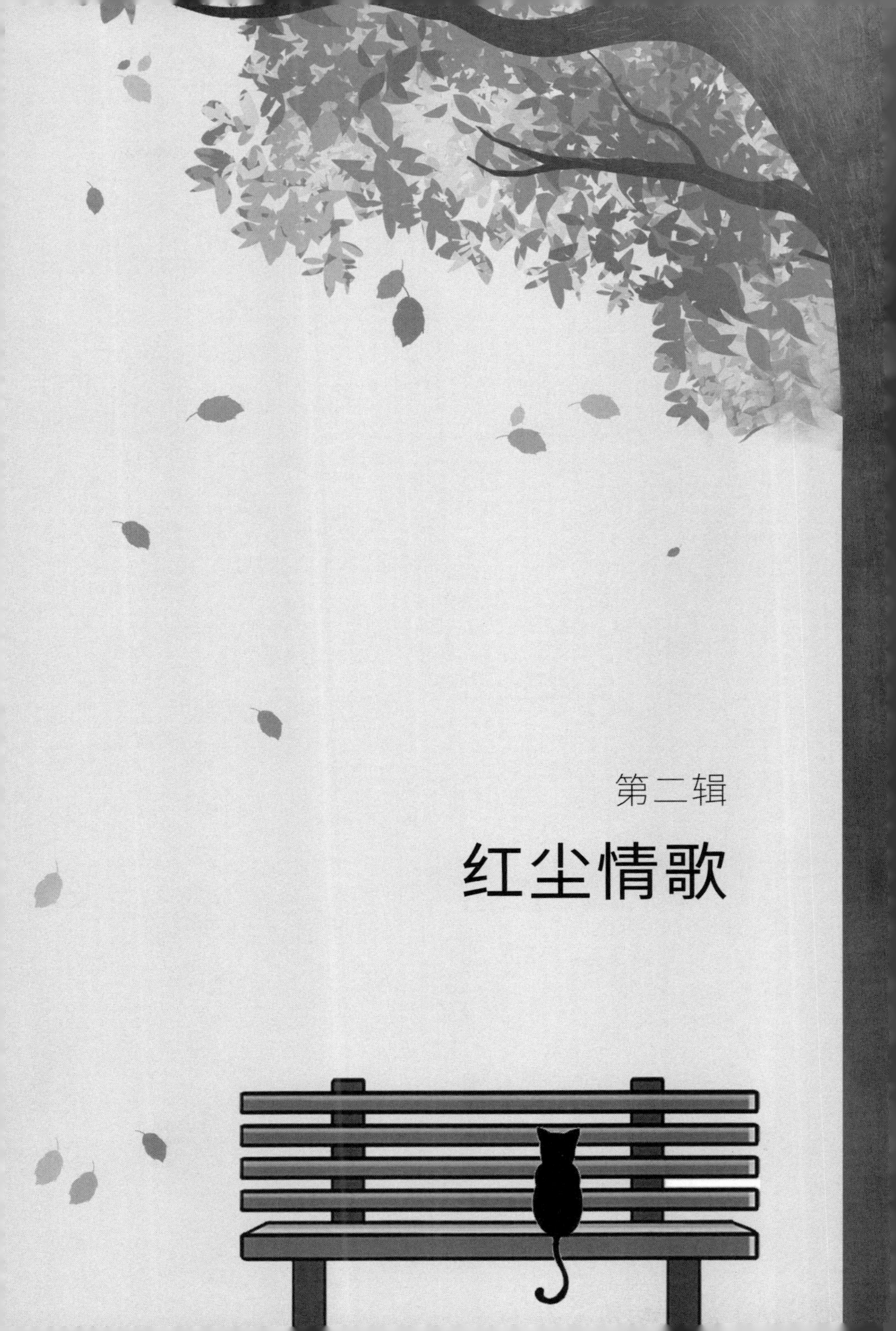

第二辑

红尘情歌

我离雪山如此近

我离雪山如此近
近得听得见高原的心跳
脚步踏碎的云
弥漫了一山的絮语
如果我足够倔强，不肯承认心灵在放牧
那漫无目的的思绪将在何处
抵达关于高原的传说

我离雪山如此近
近得看得见海拔 4800 米的眩晕
嘴唇呼吸过的空气
迷失在山巅牧场的牛群里
你不懂我的比喻，就像你不懂得
缺氧和想念之间的关系

这一次，雪山离我真的很近
近得伸手的时候就像在天边

有时候，我们离得也很近
近得想你的时候就像你在眼前

这一次，我离雪山如此近
近得我一微笑
整个高原都撑着蓝天白云低头不语

有一朵花盛开在夜晚

此刻
我的听觉盛满了想念
想念一朵花盛开在夜晚
我的每一次呼吸
都充满花的静谧
我知道它在离我最近的地方
却拼命地屏住气息，想要给我惊喜
谁会拒绝一朵花的惊喜呢
我站在夜色里放大瞳孔
想看清一朵花的神秘
它站着不动，只是任凭晚风轻轻地摇摆

远方开了一盏灯
与花朵的剪影遥相呼应
城市开着很多盏灯
把这朵花的背景渲染成霓虹

此刻
我的味觉盛满想念
想念一朵花盛开在夜晚
我的每一次叹息
都带着花的甜蜜
它知道我在它最远的记忆中
却认真地整理点滴，想留在心底
谁会拒绝一颗真诚的心呢
它站在夜里打开心里的痛
想读懂一个人的绝情
它站着不动，只是静静地仰望着星空

天空点燃了一颗星
与某人的背影遥相呼应
夜色点燃很多颗星
把某人的心里照耀成不夜城

也许
有一朵花盛开在夜晚
有一个人留在了昨天

天上的云那么多

天上的云那么多
哪个是我爱你的那一朵
是被风放牧的羊群
还是被阳光雕琢的爱心
是被白雪覆盖的高山
还是被柳絮簇拥的纱幔

天上的云那么多
哪个是我想你的那一朵
是被雨揣满的心事
还是被雷声唤醒的日子
是被月光投射的颜色
还是被星光点缀的花朵

天上的云那么多
哪个是我念你的那一朵
是被天空涂抹的蔚蓝

还是被大地托起的白帆
是被露珠折射的慵懒
还是被湖水倒映的悠闲

天上的云那么多
哪个是我们牵手的那一朵
我牵着你，你拉着我
像我前面比喻的那样
我中有你，你中有我

阳光来了，躺着
清风来了，飘着
天上的云那么多
你也不要说，我也不要说
你和我
就这么永远地
轻轻地，慢慢地
相爱着

运河折叠

如果运河的时光是折叠的
河边的柳应该以宋词的姿态
妖娆成一派婉约
隋朝的月光如酒，灌醉了时光
让唐诗从幽燕一路流淌到吴越
一席明朝的风尘箫管齐鸣
手执桃花扇用娇羞的姿态
为我的风流写下注脚
我依旧坐在河边
看着折叠的岁月滔滔而过
看到了对我举杯的皮日休
看到了乾隆浩浩荡荡的龙舟
岁月策马奔腾
在我的面前呼啸而过
千军万马炮声隆隆
是谁的刀马杀戮了我的怜悯和脆弱
让烟尘的哀嚎揭开我记忆中久远的伤疤

我坚信自己在做一个醒着的梦
不同时空的光影折叠在河面波动的曲屏中
分不清方向，找不到来源，理不清混乱的秩序
纷至沓来的古人中我看到自己的脸
看到我们前世的故事
看到你绝望的哀怨
其实并没有什么悲哀，也不要遗憾
如果你真正懂了
原来所谓生离死别，撕心裂肺
不过是相似的故事在折叠的时空中
一遍一遍地重复上演

如果我爱你

如果我爱你
不止因为你的容颜
还因为有你，这个世界的改变
更清澈的阳光，更清晰的远方
连你披过的晚霞都充满芬芳

如果我爱你
不止因为你的善良
还因为有你，这个城市的模样
更浪漫的街景，更缤纷的霓虹
连有你的夜色都如此如梦如幻

如果我爱你
不止因为我们的相遇
还因为有你，所改变的人生轨迹
没有随波逐流，更没有放弃追求
而是把我的努力嵌入爱你的轨迹

如果我爱你
不止因为你深爱着我
还因为相爱重塑的，爱情中的你和我
你是幸福的你，我是快乐的我
如果可以我会把这生活唱成歌

如果我爱你
不止因为这份冰山般的
深深的爱啊
还因为我笨拙地表达
只及冰山之上，而永远无法抵达
冰山之下

酉阳（组诗）①

龚滩

离我最近的那扇窗户
一把推开了月光
碎了一山的乌江水
在峭壁的对岸
回荡着阿妹浣衣的歌声
龚滩的街是打破了格律的唐诗
每一块石板都隐藏了时光
蜿蜒的小路可以直抵宋朝

栉比鳞次的木楼
就像一首岁月累积成的长短句
念着念着就到了爷爷奶奶的家

① 2018年8月，《野生厨房》于重庆酉阳录制第三期节目，在酉阳待一月有余，颇感震撼，遂有此作。

喝一碗苞谷酒
摔碎的酒碗震醒了
土司院子里沉睡的刀枪

如果龚滩愿意
放弃这一世的繁华又如何
拿起刀枪，抬上土炮
用土家男儿的血性
为阿妹挣这一世的荣耀
你看龚滩今天的容貌
像不像阿哥双臂撑开的山
为恬静的吊脚楼
撑起了一片桃花源……

桃花源

来！干了这碗酒
我们一起去寻找桃花源
采一束武陵山脉的风
吹出我的魏晋风度
那一瓢乌江的水
撑起我的渔船

溯江而上
和陶渊明一起
呼啸我桃林深处的放荡不羁
你以为你躲了千年
我就会放弃
可是活在我千年梦中的那个世界
却从来都是屋舍俨然，阡陌交通
黄发垂髫
你千年不改的容颜
变成我久别重逢后的记忆
无所谓了，其实你住进的桃花源
从未离开过我心里
像某种约定
我不来，你不弃

花田花田

你没有见过收获季节
思念疯长的稻田
用诗句垒成的梯田
沿阶而上直抵情绪的最高潮
青色是未曾出口的比喻

黄色是即将被收获的排比
田埂上的诗人挥舞镰刀
收获我一整季的感叹
高山上的时光是缓慢的
所以才种得出贡米
甚至每一朵云
都看得出延时的效果
我都替皇上感到惋惜
他们吃到的米
其实是这山上
一年所有美好时光
繁华落幕之后的残余
如果是我
一口锅，一把柴，一个人
就在这山上
慢慢地烹煮时光
你来，一碗香粥
你走，一山幽静

初雪

你一句太孤单
我就纷纷扬扬下了一整天
没有可以诉说的温度
所有深情，都已在灰色的云里凝结

谁的寂寥在嶙峋的枝丫上
累积冬天的进度
等季节的进度条完满
那冬天和春天的牵连
是否就要从此一刀两断

又能怎样呢
说不出的话和拉不住的手一样
在那个心痛的夕阳里越陷越深
直到夜色一口呼吸
咽尽这所有的爱而不得和痛而不忘

你的窗外也在下雪吗
这个冬天的第一场雪，对吗
等今夜过后
从那昨晚的宿梦处再看
那路上，那房上，那墙上，那心上…
白茫茫的
盖住的是遗憾
盖不住的是那满满的怀念

我采了一束阳光

这座城市里
我给你采了一束阳光
盛开在繁华街头的眩目
照耀了你走过街头孤独的背影
这座城市里
我给你采了一束阳光
你编织过的微笑
成了南方冬日的阴郁里
不可多得的温暖
我给你采了一束阳光
在低温里飘向远方
什么是遥远
从城市的一端到另一端
我知道你在
但从不会遇见
我给自己采了一束阳光
在寒冬里温暖心房

什么是简单
就是不胡闹也不贪婪
我知道你好
哪怕再也不会遇见
我可以停止奢望
但是停止不了想象
人若能控制自己
要心做什么
我采了一束阳光
整个阴郁的世界
都因此而变得有些开朗

沙漠海[1]

如果所有的远都事关想念
如果所有的近都靠近回忆之门
我在这片沙漠中以夕阳的颜色
醉倒于驼峰的船上
来回颠簸的浪，使我眩晕迷茫
如果所有的海都以沙漠的形式存在
那我对你的爱可否以沉默的方式存在

当所有的远都事关想念
当所有的近都靠近回忆之门
我在这片汪洋中以霞光的颜色
匍匐于孤岛的峰峦
回旋往复的风诉说我的孤单
如果所有的沙漠都以海的方式存在

① 此作品写于 2016 年冬赴迪拜录制《二十四小时》期间，作者第一次骑骆驼走了很长的路。

那你对我的怨可否以仙人掌的方式存在

最终所有的远都真的事关想念
就像所有的近都侵入了回忆之门
痉挛隐隐的痛折磨了我的神经
如果所有的遗忘都以假装的方式存在
那对彼此的曾经可否以含羞草那样的方式存在
我不需要关怀，我只想孤独地盛开
盛开在这只属于沙漠的海

好久没有看过月亮

好久没有看过月亮
都快忘了月亮长什么样子
城市里只有路灯
月亮显得可有可无
月光流泻的诗意对于这座城市来说
可能是多余的
因为从没有人想起过它们
城市所有的人都在低头看路
没有人会想去看看
今天到底有没有月亮
你可曾记得
上次和谁
一起看过月亮
你们说了什么

停止

是不是停止写诗
就可以停止相思
是不是停止回忆
就可以停止想你
是不是保持忙碌
就可以驱赶孤独
是不是忘了时间
就可以忘了思念

原来遥远真的不是
空间上的距离
而是彼此刻意逃避
如果你害怕遇见
生活就会真的如你所愿
把你们永远相隔在
两个平行的空间
但是

是否真的有第四维空间
那里有我们丢失了的
所有的快乐和抱憾

希腊（组诗）[1]

雅典卫城

一个守着石头意象写诗的民族
一个困在神话里走不出的国度
一本留在爱琴海读不懂的诗书
一条刻在奥林匹斯山的马拉松之路

此刻，我站在雅典卫城之巅
感受从未读懂的神庙带来的压迫感
单是这雕刻在石柱上的斑斑伤痕
你就可以知道历史从来不是简单的重复和循环
每个细节都有翻开了不忍细看的痛楚和苦难

---

① 2014年12月，为筹备《奔跑吧兄弟》第二季，以编剧身份前往希腊踩点，这个历史悠久的古国给我留下了深刻的印象，可惜最终因审批原因希腊拍摄未成行，节目改为在杭州录制。

宙斯、赫拉、赫斯提亚、波塞冬、德墨忒尔、雅典娜
阿波罗、阿耳忒弥斯、阿瑞斯、阿佛洛狄忒、赫菲斯托斯……
这些希腊神话中的名字你分不清
作为一个外国人你也很难分得清

但故事的逻辑其实很简单
他们和混沌的世界做了斗争
世界从哪里来
神和人从哪里来
他们和初始的人性做了斗争
恶之人性和善之人性
爱情的冲动和伦理的形成
他们和自然及社会做了斗争
日月星辰、雷电雨风、金木水火土、渔猎和农耕、国家和战争……

希腊神话，写尽了一个民族所有的幻想和冲动
雅典卫城，镌刻了一种文明所有的浪漫和伤痛

圣托里尼

把世间所有的甜言蜜语
都以蓝白相间的方式献给你
而我只求远走他乡
在孤海上扬起一面相思的帆

把天空所有的星星点点
都以穹隆守望的方式献给你
而我只求御风飞翔
在如霜的月光下纵情歌唱

把海面所有的起伏
都以惊涛拍岸的方式献给你
而我只求随波逐浪
在海洋的尽头等待你的归航

没有人真正了解我心中的圣托里尼
就如同没有人探知爱琴海底的秘密

我走在这谜一般的小镇中
就如同迷失在你若即若离的蓝色忧郁中

这是你的圣托里尼，你的圣托里尼
就当我是在说假如可以，就当我从来没有来过这里

可是这咸咸的海风，咸咸的海风
吹得人说不出的痛，说不出的痛
谁说不是呢，这世间的爱情大抵都如此
你爱，说不清是蓝是白
你痛，弄不懂是梦是醒

罗德岛

——致敬海子

从此刻起
做一名勇敢的骑士
击剑、冲锋、写游吟的诗
那历史的熹光告诉我的荣耀
我将毫无保留地还给
一段名为“中世纪”的历史

从此刻起
做一名多情的骑士

爱情、英雄、亦武亦乐的“弓”
那岁月旋律赋予我的浪漫
我将义无反顾地装饰
一段名为“文艺复兴”的梦

让每一片大海，每一座城堡
都拥有一个幸福的名字
而那些属于残酷和杀戮的片段
都永远地被时光的尘埃所掩埋
给每一段荣光一片天堂
给每一位英雄一个时代
而此刻的骑士城堡
正面朝大海，春暖花开

有时候

有时候
依旧会很想你
在每一个闲下来的空当里

有时候
依旧会很想你
在每一个路过的回忆里

有时候
依旧会很想你
在每一个相似而又不是你的背影里

有时候
依旧会很想你
在可能相遇又注定失望的路口里

有些想念

注定会消失
有些失去会慢慢远离

害怕时间很慢
害怕煎熬缓慢地蔓延
也害怕时间很快
快得还没来得及怀念
时空已经把曾经的亲密
变得无比疏远

这个冬天很冷（组诗）

（一）

所有的沉默
都源自深爱
所有的放弃
都源自太过珍惜

（二）

我落了一地的树叶
眼睁睁地看着秋风
一片一片地把它们扫走
想要挽留却又无能为力

（三）

一只麻雀在冬日
清澈的阳光里划出一道波纹

它叽叽喳喳的话
重复了我曾经言不由衷的言语

（四）

情绪总爱为我预报天气
半夜醒来
一滴滴雨水趴在窗外
对着我，哭泣

（五）

这个冬天里
我看到自己呼出的空气
凝结的
都是爱你的形状

（六）

有没有那么一条路
一个人走的时候
很长
两个人走的时候
很短

（七）

有些人，比如你
说好的要一起走一段
可是走着走着
就变成了一刀两断……

（八）

这个冬天很冷
冷得所有回忆都结成了冰
不要碰，不要碰
碰了，有些事就碎了
好痛……

如果此生不再遇见

如果此生不再遇见
我愿看思念在寒夜里结冰
把所有回忆的暖
都轻轻滑落在指缝间

如果此生不再遇见
依然如前世般无缘
所有的过错
都依然成为我的难堪

如果此生不再遇见
所有的想念都会积累成来世的缘
所有的煎熬都能成为未来的考验
是不是因为我今生太贪婪
想提前尝试
才又一次毁掉过往的积攒

如果此生不再遇见
我愿用六月寒换你三冬暖
你好，我心即安

三千公里的夜

三千公里的夜有多深
深得看不见你思念的脸
海风长出皱纹
褶皱里有你的夜色
我静谧的话语穿越海峡
在你的枕边降落
该说些什么才能穿透这夜空
抵达你甜美的梦里温柔浅笑
三千公里的夜有多深
是掉进去就出不来的想念
还是故作轻松地隐瞒
是的，我想你
隔着三千公里深深的夜
想你……

塞班岛①

我一望无际的海
叠加了天空倒映的蓝
在瞳孔中形成的波涛
已分不清远方的白
到底是天空的云
还是意念之外的浪花

海浪，椰林
以及吹乱头发的海风
在某个时刻
曾真切地雕塑了孤独
我在沙滩画下一串脚印
如同斜阳洗涤一个骄傲的灵魂

---

① 2015年5月份，《奔跑吧兄弟》第二季在塞班岛录制，该岛二战时期特殊的历史和水晶般的海洋蓝让人心旷神怡，遂记录于此诗。

在巨型的孤岛上
我看见壁立千仞的悬崖
黑色的石矗立着沉默的残忍
如果崖的下端
就是亚特兰蒂斯之门
我将一跃而下
去规劝另一群人
何必呢
你以为一跃而下拯救的是灵魂
然而在历史的喟叹中没有愚蠢
只剩岁月的痕迹斑斑

柔软（组诗）①

（一）

我光着脚踏入秋天
踩着 12℃的凉意
我与大雁逆向而行
它一路向南寻找春天
我脚步向北拥抱深秋
我用男子炽热的阳刚
进入秋天微凉的身体
别问我为什么
我喜欢这样柔软的结合

（二）

我看了那棵树一眼

---

① 2018 年秋，《野生厨房》录制于黑龙江双鸭山的 853 农场，录制期间阳光明媚，空气冰凉沁肤，遂有此作。

它一身的叶纷纷落下
我们梦中缠绵
我抱着它
用每一片树叶掩藏我的脆弱
我可以与它相遇
它却始终只能等在原地
哪怕再寂寞也只能一片片数着落叶
等我
想到这一点
我内心突然很柔软地一疼

（三）

你吻过深秋的风吗
那种冰冷而缠绵的感觉
会让你忍不住想
流泪

（四）

我隔着玻璃唱歌给秋天听
它感动了
它用风疯狂地敲打窗户

你别急
我这就出去跟你在一起
大不了躲到冬天的背后
一起缠绵

（五）

姑娘，你愿意和秋天一起疯狂吗
趁着秋天让它带你策马奔腾
你笑，我陪你一起白云万里
你哭，我陪你一起呼风唤雨
只要你柔软的心开心
在对抗冬天的秋天里
又有什么关系

扶着

你扶着风
把这清晨的空气擦得很干净
小草举着露水，树叶举着阳光
蒲公英举着千里之外的想念
你微笑着不说话
让暧昧在爬山虎的叶子上滋生
我知道有人想我
可是她从不说，说了就像荷叶上的一滴露珠
很容易就滑落
我就让她在我的记忆里涂抹着

你扶着月光
把那秋夜的月洗得很清澈
凉风牵着羞涩，裙摆牵着萤火
小纱窗隔着未曾说出口的思念
你凝视不回头
让忐忑在含羞草的根茎上收缩

我知道有人怨我
可她从不说，说了就像一块被冰封的怨
很容易泪流成河
我就让她在我的心里折磨

我也想找东西扶着
可是一脚踏空
满身是汗的身体却突然醒了
记不清刚刚
到底想扶什么……

布拉格之夜[①]

这夜幕如伏尔塔瓦河的水
轻轻地
流淌到布拉格街头的每个角落

我驾驶一叶轻舟
在被凝固了的中世纪中漫游
多少年的精雕细琢
才能让这巨大的艺术之城
竟然毫无穿帮的痕迹
就连街头的乞丐，都游吟着扬·聂鲁达的诗

布拉格这个被流行歌曲世俗化了的名字
所有的广场都没有喷泉和许愿池
我的硬币全部给了广场

---

① 此作品写于2016年冬天浙江卫视《二十四小时》节目赴捷克布拉格录制期间。

有关昔日荣光的表演

布拉格这座被古典时光雕刻了的城市
所有的剧情都被遗忘在了文艺复兴的日子
我的感叹全部给了夕阳里
不知名的柱子和屋角的岩石

这夜幕如伏尔塔瓦河的水
轻轻地
流淌在我思想的每一个角落

我驾驶一叶轻舟
在布拉格的夜空漫游
情到深处撒下一张网
倒映了灯光的河面轻轻荡漾
打捞上来的时光足以下酒
让我和这布拉格的夜
一醉方休……

所有为了忘记的努力

我羡慕，草丛里鸣叫的蛐蛐
至少在清冽的夜里它敢给你唱歌
我羡慕，这遮盖一切的夜色
至少在微风中它能遮盖你忧伤的脸
我羡慕，这如水的秋夜里的风
至少九月的衣衫下它披着你的背影
我不知道，我没看到
这一切都在我偶尔阵痛的想象中
现在我开始害怕路过
曾经和你走过的路
害怕一脚踩进曾经的脚印中
怎么都拔不出回忆
开始害怕吹起发丝的晚风
连痛觉的每根神经都风情万种
我以为自己可以一本正经
忘记有你的过去
忘记有你的记忆

我以为这一世
会还清前世所有的情债
谁知道
今生再一次负你
我以为用所有的碎时光
填满了生活
就不会再想你
可是安静，多么可怕的安静
慢慢侵袭，如影随形
有你的记忆如水，如空气
一回头内心深处所有的
情和爱都是关于你
不努力了，努力干吗呢
反正欠你的，就用这一生的煎熬
去慢慢地还

错位

一袭秋意落入迷乱的月光
我错失的五月在时光的琴键上
平行擦过九月凉凉的韵脚
一曲凄凉的词牌
迷失在半边泛黄的宣纸上
泪眼迷离，早已丧失了旋律
有些错过已被提前安排
不说遗憾，你拈花轻提罗裙的素颜
丰富了《花间集》里转身落入暮光的倩影
我用整部唐诗写就一首七律
却怎么样也和不上你低吟浅唱的婉约
风剪落长发，千丝万缕牵扯着时光
我总愿意相信这个世界是立体的
包括时间和空间
我在这一世错失的一定是前世欠你的
要怎么还
才能剪断这越理越乱的想念

或许这错乱在一次一次地缩短
一次错过让我们错过了上千年
然后上百年，然后五十年
然后十年……
也许下一次
不偏不倚地在少年里和你遇见
我会说，好巧，此生我们正好见了面

跟今晚喝一杯

最喜欢这样的夜
虫鸣会掩盖一切
包括内心的喧嚣
包括孤独的骄傲
我骄傲
是因为我能忍受煎熬
忍受所有的想念
不让你知道
我骄傲
是因为我能控制自己
阻止自己不再想你
也不会主动去联系
夜色如此醇厚
像一杯永远酿不熟的酒
举起酒杯一饮而尽
说着笑，笑着哭
哭着笑，笑着说

这样的夜，真好
我再孤独的骄傲
也不让你知道

失眠

我在一个有你的梦里醒来
就像从很久以前相遇的梦中醒来
知道你曾经在，现在在，未来也会在
可惜你在的那个梦里
再也不会有我，再也不会有我
心里会莫名地悲哀
像失去心爱的玩具的小孩
明明知道有些时光过去了就不会再来
可依然会站在醒来的梦中
傻傻发呆
傻傻发呆……

第三辑

低吟浅唱

酸奶

一滴酸奶
因嘴唇的红
而成为一道虹
我想念
你舌尖上的
风情万种

露珠

清晨的露珠是不会说谎的
某人的相思
昨晚蒸腾了一夜
不然何以整个世界
都凝满了汗水

月亮

你以为转过脸
我就看不见
你那些纠结着潮汐的想念

转笔

有人在转笔时
偷偷地看你
你回头看
笔就慌忙地掉落了
她捡起时
脸上满是羞涩

过去的钥匙

一把过去的钥匙
舍不得扔
又开不了往事的锁
因为镌刻着回忆的纹路
所以才如此孤独

种了什么

我想念的刻度是厘米
不敢闲下来
闲下来了
刻度就会更加密集
你说你在我心底
到底种了什么

孟婆汤

你相不相信有前世的记忆
有些人莫名地欢喜
有些人没有来由地厌弃
你相不相信
给你我的孟婆汤
都是加了糖的
因为明明不记得了
再次遇见
却会觉得如此甜蜜

告诉秋天的树

告诉秋天的树
我想你
承载了太多心事
在冬天前
树匆匆落了一地的叶
用最干净的手
为你捧起整个季节的阳光
告诉你
秋天的树
是我想你的模样

故乡的线

曾经以为我是飞翔的鸟
可是总有一根叫故乡的线
在梦回的深夜
扯得我生疼
原来飞得再远
我们也是
未断线的风筝

祖国，父亲

还不习惯
把祖国比作父亲
坚毅是泰山
沉默是黄河
挺起的是亚洲的胸膛
就算躺着
也要拥抱整个太平洋

长大

小时候
总是弯着腰
跟你讲话的那个人
弯着弯着
腰，就真的弯了

小时候
总是驮你在背上的那个人
驮着驮着
背，就真的驼了

远方

远方，住着一棵树
听风，听雨
远方，住着一片云
看天，看地
远方，住着一匹马
驮米，驮柴
远方，住着一座房子
等你不来

委屈

一转身
我从你的一滴泪水里滑落
折射了整个世界的委屈
没有人看到
因为有人看着的时候
你，从不流泪

蒲公英

这一代
蒲公英终于长出了翅膀
却始终奈何不了
混乱的风向
来吧，生活
大不了
两败俱伤

路灯

我奔波在夜里
不小心撞破路灯的孤寂
拼命地瞪大眼睛
看着深夜忙碌的身影
却从没有人心疼
这么站着是为了谁呢
整个城市像一个巨大的蛋壳
孵化着关于我们未来的梦……

情愁

青檐低，空沙漏
一袭轻纱相思瘦
最怜月如钩
一弯钩过往
一弯对酒筹
羞羞羞
七尺男儿说情愁

雨滴

屋檐下的雨滴
一如你在耳边的絮语
别人听来
重复且无意义
在爱你的人听来
每一句都很甜蜜且新奇

浴袍

有时候，浴袍就像一株含羞草
灯亮着，被触碰的浴袍会裹紧身体
灯暗了，雪白的浴袍
才会悄悄地绽放秘密

有线耳机

有了蓝牙耳机以后
我常常怀念
读书时候用的有线耳机
左耳是我，右耳是你
按下播放键
仿佛能听见彼此的心律

倒影

做了一个梦
湖中映着我的倒影
我转身离去
它却仍然站着一动不动
我回头喊它
它却转身向相反的方向
大步流星

铅笔

越削越短的日子
写下的全部是
懵懵懂懂的童年
等我想回头看看
童年里到底写了些什么
却发现那些时光
已经被岁月的橡皮
擦得七零八落

流水

流水倒映着天空的颜色
天空承载着雪白的云朵
云朵倾听着清风的乐歌
清风吹拂着树荫的角落
树荫笼罩着帐篷的欢乐
帐篷奔跑出八岁的哥哥
哥哥跑向妹妹玩耍的河
扔一颗石子从水面划过
划过，划过
那些属于流水的生活

口罩

下一个街角
我遇到了你
虽然戴着口罩
可是透过眼睛我都能感受到
那口罩后面
发自肺腑的
最开心的笑

红绿灯

生活的路口
总有大大小小的红绿灯
守好自己的道，看好自己的灯
莫抢道，别抢行
更不要看到哪辆车漂亮
就随意地绕路跟行
跟到最后你会发现
有些路口一旦错过
你需要等待更多的红灯

角落的雪

阳光温暖的冬日
一片角落的残雪
静静地看着世界
阳光来了
只是角落之外的明媚
阳光走了
也是同样的沉默孤寂
这雪不想打扰任何人
也不想被任何人打扰
它来，悄悄地
它走，默默地……

满月

思念也有阴晴圆缺吗
不然这秋水般柔和的月光
为何总是闯进想你的夜
一阵风吹来
月光映照的树叶闪闪烁烁
我跋涉在一轮满月中
泅水而来
只为装饰你脱口而出的诗句

岛

一句话
因语言的重量
而成为一座孤岛
我等待
你兑现承诺时的那座桥
有，我们相伴到老
无，我孤独终老

窗帘

我知道你醒了
却故意闭着眼
有些事情挂在长长的睫毛上
似动非动，坐立难安
我的微笑落在睫毛的顶端
就像一只蝴蝶扇动翅膀
落在等待被拉开的窗帘上

奶奶的拐杖

小时候，奶奶的拐杖
是我童年的玩具
是刀剑棍棒，更是马炮鞭枪
我冲锋陷阵时
奶奶的三寸金莲
永远追不上我拓土开疆

长大后，奶奶的拐杖
是我祭拜时的一棵树
是春华秋实，更是儿孙满堂
我喃喃自语时
奶奶佝偻的背影
总是会填满我童年的时光

旧衬衫

妈妈有件旧衬衫
一直穿了三十年
她总是指着衬衫对我说
看，这是你周岁那天
我买的衬衫
没有空调的夏天
我抱着你，满身都是汗
直到我儿子出生
妈妈火急火燎地寄来一堆旧衣物
说是当尿片
我在那堆衣物里翻到了那件旧衬衫
妻子看着满屋纸尿裤犯了难
我却有些嫉妒了
啊！这曾经是我专属的童年

志愿者

她当了一天志愿者
为 4865 位市民做了核酸
终于有空坐下来吃口饭
在拆开一次性筷子的瞬间
她把筷子伸到了我嘴边
我下意识地张嘴
我们彼此一愣
然后笑成一片

爱情小说

本想写一部长篇
写着写着
却成了一段插曲
故事的结局是
你，进入了别人的情节
我，开始了自己的生活

故事里没有反派角色
也没有谁对谁错
可即使扎痛了心
也终究写不出
想要的结果……

第四辑

校园旧事

校园的诗

一把伞矗立在雨天[①]

一把伞矗立在雨天
和世界交换心事
只是单薄的思想
如何能承受语言的重量
词语永远无法抵达
语法之外

雨滴胡乱的语序
像键盘上飞舞的手指
敲打的话言不及义
路灯互相注视的目光
让彼此的影子跌倒
无力站起

① 此诗作于 2006 年。

挂满心事的树
很轻很轻地诉说
让夜变得温馨
一株草，一朵花，许多雨珠
热烈地交谈
说到高兴处
笑得泪流满面

一把伞矗立在雨天
多想变成一株植物
例如
蘑菇
安静地呼吸，生活

深夜从黎明开始[①]

凌晨两点
谁的眼睛在黑夜里成为路灯
告诉你通往黎明的路
还有多远

唐诗里的星光早已经陨落
城市只剩下路灯
来为诗人的眼睛寻找光明
当我的思想在深夜里失眠
就再也找不到一张床
可以躺得下祖先留给我的身躯

我错过了溪边浣纱的西子
错过了半遮琵琶的昭君
错过了寂寞春深的小乔
错过了瀛洲深处的太真

① 此诗作于 2010 年。

错过了在满地黄花中喝酒的易安
只是遇见孤傲的启明星
来照亮我生命中最原始的冲动

我闭上眼睛想寻找黎明
黑黑的夜告诉我
深夜从黎明开始

给我你儿时的手（组诗）①

——致 80 后的童年

（一）

时光依旧温存
岁月像极了一个说书人
用回忆的口吻
为我写下一段乡音
谁拾起了我的马鞭
谁陪我一起冲锋陷阵
那座土做的城堡
永远抵挡不住
我的童子军
那群醉卧沙场的战士
那个寂静的黄昏
已经急坏了那些焦急呼喊着的母亲

① 此诗作于 2009 年儿童节。

（二）

别对我笑
我看不惯你残缺的牙齿
和薄薄的嘴唇
虽然他们习惯喊你小美人
可是身为“老大”
我必须维持自尊
你小小的手，接过我儿时的作业本
用小小的承诺维持着
我可怜的及格分
长大了，我不再固执了
可是你怀里的小精灵
对我笑得如你那般清纯
她告诉我
叔叔，你再也打不开
那扇青梅竹马的时光里
曾经对你开启的门

（三）

那个怎么也长不大的小村
长长的夏夜里

蛙鸣阵阵
那湿淋淋的月光落款在我的絮语里
谁挥毫而就
泼墨出我童年记忆里泛黄的相片
被纸烟熏出了皱纹的父亲
还有围着老灶台转了一辈子的母亲
我把这些洗涤过的往事
挂自己的窗前
等待着一阵风
把它带给曾经给过我
幸福和快乐的童年

（四）

替我买一张时光车票
我陪你一起回去找二十年前的我们
回去擦拭你那颗落满灰尘的玻璃球
回去看每晚六点开始播放的《小龙人》
回去买五分钱一个的果丹皮
回去买一毛钱两袋的酸梅粉
回去给你玩我的变形金刚
回去看我如何变成魂斗罗枪神
还有阿童木、一休哥、大力水手、金刚葫芦娃

走吧！我们一起去寻找童年的家

（五）

把它给我吧
我说的是你儿时的手
让我牵着你走
不用再害怕放学的路上孤单和落寞
如果我认识你
我想，在童年的时候
我们肯定会是好朋友

弹钢琴的女孩[①]

你用怎样的诉说
让阳光变得如此
纯净
越过指尖的温柔
是月光下的流水
淹没听觉
放逐思绪，四处流浪
此刻请允许我的脚步
停驻

让沙沙的落叶声
对我呢喃《秋日的私语》
和你安静的微笑
穿越秋天
洒满整个季节
手指孤独地舞蹈

① 本诗作于 2007 年暑假期间。

带着淡蓝色的情感
按原路返回至《童年的回忆》
原来声音也可以如酒
让人一醉方休

只是酒醒以后是否会一样
月满西楼
人去黄昏瘦

弹钢琴的女孩
一种寂寞的表情
一双飞扬的手

校园梦呓①

学校的林荫道变得越来越斑驳
特别是我在午后走过的时候
一个老人在树荫里
低吟一首很老的歌
南湖在风的絮语里
突然变老了，长满皱纹
像一处年久失修的景点
还有一位清纯的女孩对我含情脉脉地笑着
虽然我事后发现她的笑
是送给我身后满头大汗提着西瓜的
帅哥

图书馆上面的天空开始变得
很轻薄
说下雨就下雨了
外语单词像油画中的胴体

① 本诗作于 2007 年考研复习期间。

一个个赤裸着
我像一个盲人贪婪地想象着
自己看不到的景色
早餐开始变得越来越简单
我真恨不得有一天
空气变得像豆浆和油条
填满孤单像吃饱一样简单

在梦的呓语里回味
凌晨两点给自己上过的课
很多时候我怀疑梦想会不会
在我的嘴角上一闪而过
这个安静的夏天
我竟然
没有听到知了的叫声
是夏天来早了
还是我失去了听觉

老师对我说：你要努力啊
同学对我说：你要加油啊
朋友对我说：我们都相信你能成功
我说：好的，我会的！
我梦见自己下楼的时候
突然踩空了

醒来以后
课本上一大堆毫无意义的文字
让我想起了
好多，好多

毕业絮语（组诗）

（一）

情感的脉络
长成春天的一片树叶
风路过的地方
摇曳我一树的年少时光
我知道自己有深深的根系
却怎么也扯不动
湖水深处那缕湿淋淋的月光

（二）

破旧的老吉他依旧挂在
我上铺兄弟的墙上
许多老歌被丢在琴箱里
再也没有人唱
校园的林荫道上
依然会走过漂亮的女生
和白发的先生

只是五月凌乱的语法里
却押着素颜韵脚的忧伤

（三）

把很多发霉的心事翻出来晾晒
却发现旧书里夹着的往事
泼洒了一地旧时光
寝室里的兄弟哈哈大笑
笑过之后又在分拣
哪些曾经是谁和谁的青春诗章

（四）

谁把五月的背影
裁成阳光投射的形状
还有许多新鲜的故事
被小心翼翼地放进彼此的行囊
兄弟
同窗四年，江湖不远
干了这碗酒
有你，有我，有明天

诗的歌

七夕

纤云流转，飞星传恨几千年
新月半弯，心事瘦只剩半边
袅袅炊烟，半水田园
柴扉半掩旧思念
谁家老牛又载牧童还
银河岸，秋水边
手把栏杆望人间
月色织锦缎
身披忧伤泪未干
花开落容颜，转眼过忘川
休道鹊桥七夕日
潇潇夜雨又打芭蕉，无眠
织机断，心犹乱
我作相思曲，谁来和我弹

雨霖铃

骤雨初歇
我拾起每一片受伤的落叶
那缕陈旧的蝉声为谁鸣了整夜
执手相看泪眼
夕阳尽染枫林素颜红透

寂寞的长亭，无人的渡口
风舞红袖为谁把酒
送君千里载一舟真情
随楚天烟波云悠悠
从此泪洗红颜成一江春愁

为你再唱一曲《雨霖铃》
歌声回响在千年后
寂寞的眼神看透良辰美景
酒在喉头，风摧思念瘦
一纸心事知为谁愁

为你再唱一曲《雨霖铃》
酒醒在千年后
谁落寞的嘴角让杨柳岸弯弯月如钩
我话未出口岁月已白头
一缕青丝知为谁留
时光悠悠往事堪回首

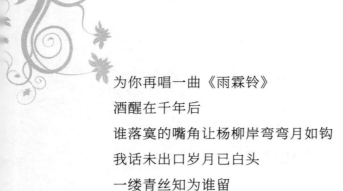

时光错

月凝微霜，眼眸微凉
泪滴成殇，忧伤模样
一缕清风宣纸上，吹乱彷徨

夜色苍茫，胡笳声悲凉
骆驼成行，佳人向远方
半遮琵琶声声怨，弹去月光

一眼回眸时光错
谁深深的遗憾被岁月蹉跎
杨柳深深宫墙锁
谁苍白的思念在青苔上寂寞

一眼回眸时光错
谁吹皱的伤痕在池塘滴落
月已如钩风萧瑟
谁凝望的相思在时光中斑驳
千年已错过，我在橱窗前路过

谁的印象映成心底的伤
错过的时光，泛黄的过往
一如时光定格悲伤的模样

绿茵英雄[①]

风起云涌，目光如炬气势如虹
电闪雷鸣，旗帜飞扬群情涌动
脚下的风，未来的梦
和年轻的笑容一起出征
不惧挫折，无畏伤痛
再长的路途隔不断绿茵的梦
Flying！ Flying！ Flying！
You are my hero！ You are my champion！
Flying！ Flying！ Flying！
You are my dream！ You are my champion！
光荣的胜利，辉煌的成功！
聚起世界亿万目光共同为我见证！

群雄逐鹿，豪情万丈磨剑试锋
巅峰问鼎，战鼓激昂梦想启程

---

① 本文原载《广播歌选》2010年07期，系因2010年南非世界杯歌词征集活动而作。

耳边的风，冠军的梦
和世界的心脏一起跳动
踢出精彩，点燃激情
再多的崎岖挡不住飞奔的梦
Flying！ Flying！ Flying!
You are my hero！ You are my champion！
Flying！ Flying！ Flying！
You are my dream！ You are my champion！
光荣的胜利，辉煌的成功!
聚起世界亿万目光共同为我见证!

原来伤人比被伤更痛苦

我说不清楚
谁比谁更无助
风吹落的泪珠
砸伤内疚的孤独
当故事结束，情感落幕
谁能说出
这场爱里谁赢谁输

我说不清楚
谁比谁更痛苦
雨打湿的去路
弥漫内疚的孤独
当故事结束，情感落幕
谁能说出
这场爱里谁赢谁输

原来伤人比被伤更痛苦
给你的悲伤要用我的痛楚来赎

走不回去的路
擦不掉的错误
一切好像一个劫数
逃不出，止不住

原来伤人比被伤更痛苦
给你的伤口要用我的伤疤来补
走不出去的孤独
给不了的幸福
一切好像一个劫数
逃不出，止不住

散文诗

像花开一样爱你

我静静地等在风里，守候花开的消息。——题记

背起行囊，我在青春的旅途中走过一站又一站的路，遇见一张张熟悉或陌生的面孔。发生过的故事或者擦肩而过的更多记忆，总是被岁月的河流镌刻在远航之帆上。可是许多刹那的永恒，也会像伤疤一样长在青春的记忆里。

人的一生充满了未知，你永远不知道下一秒钟会发生什么事，或者爱上什么人。你像一朵闯进季节的花朵，萌发在我的生命里，开在目光以外的花，往往不给悸动的心任何准备，就像我在潜意识里突然地爱上了你。

生活是公平的，有晴空万里也有风雨来袭。没有不惑的青春，当然也没有一帆风顺的感情。悲欢离合的爱情故事在生活中一遍又一遍地演绎。既然爱上你，我就决定承受这份感情给我带来的所有悲喜。

我曾经发誓我要用一生的勇敢来守护你，可青春年少的

承诺在现实面前脆弱无比。亲爱的，我在花开的时候爱上了你，风扬起绿叶，在洒满阳光的梦里，我像花开一样爱着你。

没有什么声音可以像花开一样，需要人们用心去聆听。在花开的夜里，每一个爱的词语都会像一滴清冽的泪，让我平静的心波光旖旎。在这清风微拂的夜里，你纯净的心是否一样的月明风清，波平如镜？

听，花开的声音，让整个季节感动。

寂寞如水，在孤独的夜里我多想用思念抚慰你的忧伤，用我的执着为你点燃一盏守候的灯，等花开的时候，我要抚平长满皱纹的夜色，让花朵开放的夜里不再以忧伤为主题。

从唐诗宋词里一路走来的寂寞余花，在你的微笑里缓缓绽放，生活到底应该怎样解读才能聆听出爱的真正含义？

初夏的风在阳光深处窃窃私语，在感情的背影里我要继续等待，等待花开的刹那，聆听你关于情感的所有秘密。

花开花落，悄无声息。

良久的驻足铸就我沉默的感情，我要用生命中最执着的一面与岁月和季节对峙，等待下一个花开的雨季。花开时，用青春的绚丽来温暖你的一生；花落时，用生命陪你静静逝去。

我仍然等在风里，守候花开的消息。

千里之外

从未送你离开，你却已经在千里之外。——题记

我不是一个喜欢幻想的人，包括爱情。我只相信冥冥之中的缘分。你像一朵意外的花盛开在我人生最葱茏的岁月里，不给我任何思考的时间，打乱我所有刻意的安排。我曾经希望拥有一份实实在在的爱情，可以清楚地看到彼此确确实实的存在。我能牵着她的手走过熟悉的街道，拾起散落在日子里的每一个微笑。即使她哭泣我也可以在她的身边清清楚楚地看到每一颗落下的泪珠，然后轻轻地把她揽入怀中告诉她：“亲爱的，有我在，别哭。”不用像现在一样，每一份深入骨髓的思念都会让人痛得揪心。

我不喜欢幻想，但是现在我必须幻想。想象你在千里之外如何用纤细的手指敲击着键盘，诉说你对我的每一份思念。想象你在那个人潮拥挤的都市如何独自忍受着每一份孤单。电话那头你若即若离的声音那么真实，却真实得让我无奈。我能感受到你，却怎么也触摸不到你。

寂寞的时候我会一支接一支地抽烟，看着从指尖一点点地散落的烟灰，被路过的风轻轻地吹散，望着散落一

地的烟灰发呆，就那么呆呆地看着不发一言。你说你不喜欢这样的爱情，真的不喜欢！你要的仅仅是我能陪在你身边，开心的时候陪你笑，伤心的时候陪你流泪。我只能沉默，我能不承诺，因为我现在还没有能力兑现。我能给的只有一次又一次的付出，然后在努力中慢慢地缩短现实与幻想的距离。

黑夜里会有大把大把华丽的花朵盛开，温暖而真实。但是我仍然不习惯一个人度过漆黑的夜晚，虽然我的身边有很多的朋友，但是我仍然找不到一个在漆黑的夜里可以坐下陪我聊天的人。

很多时候我真的很害怕把你弄丢，因为在成长的岁月中，我像丢失儿时心爱的玩具一样，已经丢失了很多很多我不愿丢失的人。可身体和灵魂总要有一个向时间和空间妥协。你爱的人身在远方，可是相爱的灵魂总相伴在咫尺。最终爱和时空谁是这场感情长跑的胜利者我不知道。但是我想让你知道，在我们短暂的青春里，曾经有一个人隔着时空真心地爱你，不计结果不算得失地爱着你。若命运眷顾，得成眷属，未来只要有我在，你每天都会和早晨的阳光一起醒来。若情感错付，终成陌路，未来即使我不在，愿你偶尔回忆起这份感情也总有美好浮现在心海。

吾爱，今天夜里那个海滨城市的潮声是否依旧在澎湃？你有没有枕着潮声入眠？我知道我们的路还很长，在很长的日子里我仍然只能通过电话给你道晚安。在每一个起风的日子里悄悄想你，愿路过的白云为你所在的城市捎去我思念的雨滴。如果你听到了它们淅淅沥沥地诉说，请微笑好吗？因为你微笑才是我最大的快乐。

祝福每一份相隔千里的爱情，都能跨越时空情有所依，爱有所归。

转身，与冬天相遇

我一直认为，冬天是低调而沉默的华丽。——题记

我想我是读不懂季节的，它总能像一个调皮的女孩子一样给我带来太多的意外和惊喜。这个秋天的散文还没有写完，我就已经被一个转折句带入冬天沉默的叙事里。

在这场反常的季节交替中我开始学着与一棵棵树固执地对峙。它们在我一愣神的时候就把满身的树叶送给了匆匆南下的北风，一片都没有给我留下。幸好我还有头发，我把它们留到刚刚可以遮盖眼睛的地方，好让自己悲伤的时候有一片可以遮挡的树叶。

我开始慢慢习惯把自己比喻成一棵冬天里不落叶的树。在大多数朋友反对的情况下，我仍然坚持让自己的头发一点点地长长。就像阳光太强时我需要一副墨镜，来遮蔽眼神里不愿被人发现的伤痛。而温度太低时我需要一件披风来温暖我在这个季节的感情。所以在内心深处我仍然认为：当冬天来临，所有树都妥协的时候，总要有一棵树去选择坚持。我就是选择坚持的那棵树。也许冬天不落叶的树总是显得很突兀。幸好我向来足够坚强，也不太在乎

别人的眼光。

这个冬天里我的胃开始冬眠了，每天上课前一张很小的饼就能把我庞大的身躯喂饱。下课时还要经过一座天桥，天桥的拐角处常年坐着一位拉二胡卖艺的大爷。不经意间我就能看到他那双被零下 N 摄氏度的气温冻裂的手，那一道道口子总能让我的心轻轻地一颤。那个时候如果身上有零钱的话我会掏出来放在他那个破旧的钱罐里，然后在寒风中裹紧大衣继续前行。

心情已经被我打扫得很干净了，干净得像被阳光收拾过的雪地一样。习惯性地将 QQ 隐身，习惯性地每天晚上一个人去吃一碗砂锅面，习惯性地对喜欢的人胡言乱语，习惯性地对讨厌的人冷眼相对。好友评价我说："时而调皮，时而沉稳。"我接受这个评价。我不是什么双重人格，我只是学会了在适当的时候转身。也许我就像一扇开足暖气的房间的门，这扇门在一开一关之间就可以成为隔绝冬天和春天界限。成长的过程是一个不断付出代价的过程。当你把自己站成一扇门的时候，门外的悲和门内的喜总会像电影胶片一样无限地在你眼前延长。不要总期待结局，因为电影落幕之后总会或多或少地给人带来一种落寞感。

冬天的夜冗长得像一篇散文体小说一样，其中的忧伤和快乐都让季节手中的笔书写得淡然而沉稳。在互联网上闲逛成了我在夜里唯一可以消遣的方式，加了很多 QQ 群，在夜将深未深的时候他们的头像总是不停地闪烁着，变得像夜市一样热闹。我不会将他们屏蔽，因为他们让我知道自己还未与世隔绝；但是我也很少在群里说话，因为我发现很多年轻人的话题自己已经插不上嘴了。

我是夜市里的看客，用别人的热闹来填补自己的孤单。

“该隐瞒的事总清晰，千言万语只能无语。爱是天时地利的迷信，哦，原来你也在这里……”刘若英的声音在这个冬天的夜里总是显得特别温暖。一个月前我还站在暖暖的阳光里解读秋天诗句里素颜韵脚的忧伤，可是匆匆一个转身就发现原来这一年的冬天已经来到了这里。

转身，与冬天相遇；我们的心事变成了一个自己也解不开的谜。

爱，是风中飘洒的一滴雨

一、阴霾

热闹的都市隐藏着孤独的心灵，找不到出口的心只有隐藏在都市的喧嚣里才能保护自己。以为让别人看不到脆弱，就能让自己显得很坚强。微笑着面对遇见的每一个人，也许就能让别人感觉自己很快乐。你有多久未曾真心地笑？又有多久不敢放肆地哭？也许答案只有你自己知道。隐藏不是真正的勇敢，而是一种鸵鸟似的自娱自乐。

如果你悲伤，这个城市再大也盛不下；如果你快乐，心灵再小也能感觉得到。

天空阴沉，我看见谁在城市的边缘微笑着说离开。伤痛也好，快乐也好，当没有人关注你的时候，学会对着镜子给自己一个微笑。

二、和城市一起患上热伤风

一双欲哭的眼睛总是通红通红的，一座风雨欲来的城市总是闷热闷热的。当寒气被闷热逼到一个很小的角落时，冷和热拒绝交谈，就那么倔强地对峙着，那么你和你的城市就会一起患上热伤风。或许治疗城市的热伤风只需要一场痛快淋漓的雨，而治疗身体的热伤风也仅仅需要几个药片而已。可是心灵的热伤风应该怎么治疗？你希望应该懂你的人能懂你，还是希望不该误解你的人不要误解你？也许在心灵干涸的时候，你需要的仅仅是一句能够懂你的话而已。

三、在城市陪你一起淋雨

城市如此陌生，车水马龙的繁华让我看得眼睛生疼。夏季的城市总是多雨，在这个异乡的城市里我们从未真正生根，浅浅的根茎连飘落下来的雨都感到如此陌生。暴雨突袭的街头，陌生的你借给我你雨伞的一角，然后对我轻轻地微笑。为什么是我？是因为我高傲，还是因为我搞笑？你笑着说：“我不是不心疼你，而是心疼你手里的那本《穆旦诗集》。”一个女孩因为一本即将淋湿的书和一个陌生的男孩相爱。没遇到之前，我以为这是爱情剧中的烂俗桥段。遇到之后，我竟觉得这样的桥段无比浪漫。

唉，多么双标的文艺男。

不同的是：爱情剧总有浪漫的结局；而陌生城市中偶遇的爱情往往开始于一场浪漫的雨，一起淋过一场快乐的雨，最后也结束于一场伤心的雨。

四、如果流泪，是否代表你曾经为爱下过一场雨

因为孤单，让陌生城市里的两个陌生人走到了一起；因为现实，让陌生的城市中两个相爱的人分离。面对面微笑着祝福，转过身之后肆意地哭泣。在爱情里没有谁对不起谁，只有谁爱不起谁。我们不得不承认，城市里的爱情，如果找不到一块共同的栖息地，那么只能成为在天空中流浪的雨滴，最后滑落在晚风中默默哭泣的心灵里。

谁是谁的痛

谁在夏季的风里唱歌，让盛夏的树荫落满一地斑驳的落寞。阳光再明媚也不能照亮所有的阴暗。每个人的心里都一个拒绝阳光的角落。通信越发达，心与心的距离却变得越来越遥远。很多时候两颗心之间的距离也许并不需要语言或者文字符号来作为沟通的工具。真正地了解不是在一起时无话不谈，而是面对面坐着的时候即使不说话也知道对方在想什么，不会因为沉默而感到尴尬。

心痛是一种充满自虐的快感的自我伤害，当你能感到心痛的时候说明你还可以爱。最大的悲哀是爱得连心痛的感觉都没有了。不要伤心地对着一颗麻木的心哭泣，再多的泪水也浇不活一棵已经从根部死了的树。当爱情死了的时候，说再多的话都是祭文，唱再多的歌都是挽歌。越没有人爱你，越要学会爱自己。

冬天不一定都代表寒冷，夏季也并不总是代表炎热。你感到冷是因为你还有自己的体温在温暖着你自己，不要把这一点点的温暖也肆意地挥霍掉。生活赋予我们的只有这么多，你得到的越多才会越有失去的感觉。如果你一直一无所有，也就无所谓失落了。

谁也不是谁的痛，所有的痛苦和快乐都是自己的。越成熟的人越不愿意分享情绪：当你幼稚时，喜怒都在你的脸上挂着，可以感染他人；当你成熟的时候，喜怒不形于色，所有的悲和喜都是你自己的。

生活公平就在于它给予得多，你才有失去的可能，如果不是，你可能都没有失去的资格。所以不要抱怨生活，你永远都不会一无所有。因为从你出生的那一刻起，你就已经拥有了生命和它所给予你的生活。除非你自己放弃。

人生的失落，不是来自失去，而是来自获得。

伤痛，是生长在泪腺的结石

我常常在想，我们长大了烦恼变得越来越多，但因情绪失控而流泪的时候却越来越少，是因为泪腺里长了“结石”吗？如果是，那这种“结石”的大小和人的情感伤痛多少会有关系吗？如果不是，那何以有时候明明心好痛，却偏偏哭不出来？

人长大的第一件事就是要学会不哭。童年我们哭的时候大人们告诉我们：“不哭，乖长大了，不能哭，看别人笑话你。”于是你就开始努力地学习一种叫作长大的本领：不哭。当然这种本领不可能一下子掌握，悲伤袭来时，眼泪还是会止不住地流下来。朋友说：“你哭了？”这时我们学会的另外一个本领就是：掩饰。通常最笨拙的谎言就是：“不是，我眼睛进沙子了。”

或许不幸谎言成真，“沙子”真的在你的泪腺里常驻不走。在你一次次的伤痛中，“沙子”越积越多，像蚌壳里的最初的沙粒与蚌身体里最柔软的肉体摩擦慢慢地变为结石。当然你可以叫它珍珠，可是那是对人类的装饰价值而言的，对蚌而言它只是身体里的结石。

小时候快乐是一件很简单的事，长大了简单是一件很快乐的事。其实这样的变化还有很多：小时候不哭是一件痛苦的事，长大了痛苦是遇见一件不能哭的事；小时候家之外的远方才是远方，长大了远方之外的家才是远方；小时候最想长大了体会赚钱的快乐，长大了最想赚钱了体会小时候的快乐……

生活真的不欠我们什么，一切都是公平的。我们拿时间当货币换取成熟、成就、成功和财富，生活拿时间当货物换取我们的天真、自由、单纯和淳朴。我们是买方，生活是卖方，社会道德规范是中介，是银行。每一次的挫折、失败和伤痛都是你所要付出的利息。有获得终要失去，而忍住不流泪就是你向生活付出的利息。

你在生活中经历的伤痛越多，你泪腺里的结石也就越长越大。这是一种无须治疗也不会自愈的“病”，同时也是成长中必经的一次生理过程，长大就要接受这样的“蜕化”。但是泪结石能够控制，让你不至于被压力压垮。

在社会里生的“病”，就到社会里去医治吧，找一个可以让自己信任的人，找一种可以让自己宣泄的方法。自己信任的人不会鄙视你脆弱和无助，对自己有效的方法是不让自己继续戴着面具说话，想哭的时候找一个肩膀痛痛快快地哭一次，明天你依旧是坚强的自己。想宣泄的时候找个地方痛痛快快地玩一下，明天你依旧是快乐的自己。

不能拒绝的就要学会勇敢面对，无法改变的就要学会逐渐适应。在“沙子”上形成的硬物可以叫作结石，也可以成为别人眼中的珍珠。在伤痛中盛开的花朵，可以扮靓春天，同样也可以收获金秋。伤痛是生长在你泪腺里的“结石”，成熟就是在这块石头上开出的岁月之花。

爱的往事

冬天是一个容易怀旧的季节。偶尔寒风凛冽，白雪皑皑；偶尔暖阳和煦，岁月静好。在万物封藏的季节，我们的情感也开始转向内敛含蓄，偶尔开始寻找属于往事的痕迹。

有风的季节最易揭开青春的记忆。许多过去的故事像岁月的帆船一样远航，前去寻找曾经浪漫的港湾。许多故事沉舟侧畔，被打上“封印”的标签。许多青春时期的过往已被岁月制成鲜活的标本，被时光的博物馆分类收藏，开启的钥匙交给回忆。

你不来，我与往事皆归寂；你来了，我与往事俱鲜活，重新奏起属于青春的歌。

爱的往事如歌，唱给曾经青葱的岁月。在那个回忆都微微泛黄的岁月里，相爱的记忆是一盘盘说不上名字的磁带。好多歌甚至连歌名都已经记不起，但是老歌的旋律再次响起时，却又回忆起那个夕阳西下的操场，和你共用一副耳机漫步于夕阳里的时光。

爱的往事如酒，唤醒曾经相聚的回忆。在时光斑驳的旧照片上你稚嫩的容颜依旧灿烂，只是旧书信上的回忆已经水迹晕染。好难理解曾经的我们，明明离得那么近，却偏偏选择用书信来传递思念的只言片语。已经不记得说了些什么，偶尔想起还是会脸红头晕，如微醺宜人。

爱的往事如烟，让回忆的画卷变得五彩斑斓。遇见过鬓微霜的老师，到过物是人非的校园，遇见过大腹便便的保安，也遇见过尖酸刻薄的宿管。可是无论我回去多少次，却从来没有遇到过最想见的人。你像一缕青烟，消失在我青春年少的某个时间。

爱的往事如风，让回忆的旋律变得无比生动。青春的时光如一场来去迅疾的风，来不及回味就已经飘向青春之外的时空。在年轻的时光里，我们有过冲动、悸动、心动和感动，可最终都随着人的成熟而归于岁月的平静。过去不代表消失，就如失去不代表忘记，有太多美好的东西留存于青春的笔记。在风起的时候偶尔回忆，闭目微笑感叹青春年少时遇见你，此生足矣。

没有勇敢冲动的青春不够丰富，没有浪漫往事的年华也缺少感动。未来不远，岁月漫长，愿爱的往事在记忆中永久珍藏，伴随我们走向更加美好的人生时光。

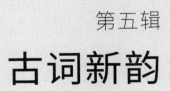

第五辑

古词新韵

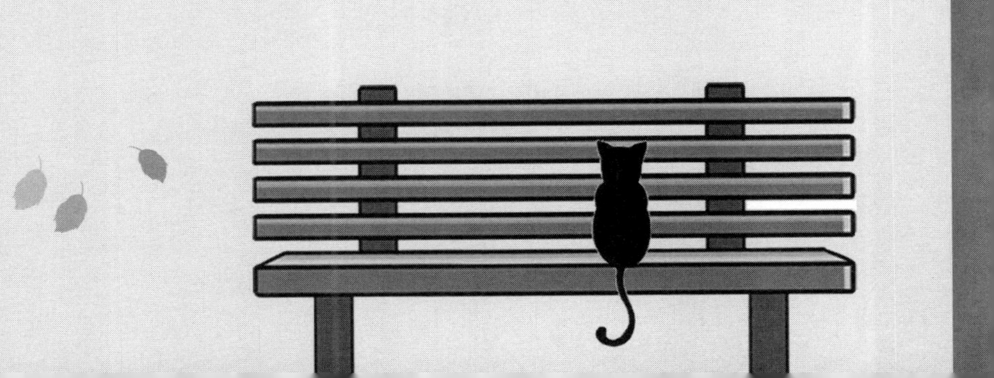

登雾灵山①

飞岩转壑出深山，半撷云雾偷浮闲。
诗情总飞青天外，逸趣流于一水间。
朝霞又接轻烟色，掬溪还贪一口甜。
轻歌可与春风便，心曲直送彩云巅。

① 2015 年 4 月，《奔跑吧兄弟》第二季于北京密云古北水镇录制，录制结束后有一天休息时间，与友游于密云雾灵山龙潭景区。由于录制结束，心情异常轻松，遂作此诗。

西湖晓月①

西子晓月连阡陌，夜入钱塘一半春。
曾向东风问佳讯，又恐花期误良辰。
樱蕊才吐微醺意，暮色如酒酿黄昏。
豪情把酒邀李杜，君写盛唐我写今。

---

① 2017年于西湖风景区某酒店策划《演员的诞生》第三期节目，会议结束时已是凌晨3点，途经苏堤，有感而发，遂作此诗。

除夕杂感①

金风沐雨绽鸣竹，除夕灯火暖屠苏。
寒冬不减元辰乐，亲情岂因瘟神无。
一屏隔山同娱庆，两心涉水入梦途。
贺岁金鼠灯千盏，家国万里共聚福。

---

① 2020年除夕夜，疫情刚起，无法回家与家人团聚，有感而发，遂作此诗。

拈花镇①

小镇拈花香满天，清茶半盏水含烟。
诗随暮春芳菲尽，微露带雨不觉寒。

---

① 2021 年 4 月，爱奇艺出品的《奇异剧本鲨》录制于无锡拈花湾，小镇景色宜人，禅意十足，遂有感而发作此诗。

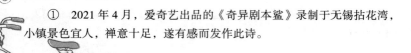

七夕吟[①]

迢迢银汉隐鹊桥，蔓蔓葡藤绕青茅。
滴滴夜雨诉未尽，见与不见皆煎熬。

① 此诗作于 2021 年七夕。

台州府城怀古①

灵江烟雨台州城，将军百战海波平。
江南长城风骨在，不教倭贼渡东瀛。

① 2021年国庆节，有幸游览于江南长城临海县台州府城墙，登上古城墙，灵江波澜壮阔，烟雨空蒙，想起数百年前戚继光将军在此筑城抗击倭寇，遂作诗纪念。

寒夜吟[①]

琼花凌寒开孤枝，料峭月色晚归迟。
孤灯明灭犬吠处，灰檐滴水穿冰石。
异乡异客心异冷，故园故土念故知。
倘是浊酒可入梦，恨不相逢未醒时。

① 此诗作于 2019 年。

冬夜踏雪①

风起冬月夜起愁，千里冰寒思悠悠。
从此梅花无心爱，任他琼屑到白头。

① 2019 年冬，杭州大雪，与友同游于杭州灵峰探梅景点，遂作此诗。

年末酌酒感怀[①]

青梅煮酒夜阑珊，举杯独酌送流年。
车水马龙人间事，茕茕孑立世上仙。
才子笑人看不穿，我笑才子假疯癫。
若得看破豪杰意，何须京都觅状元。

① 作于 2021 年元旦，跨年夜一人独酌，遂作此诗以纪念。

午睡迟醒[①]

午眠觉醒天已黑，霓虹闪烁思绪飞。
世间无我恍隔世，半是虚妄半无为。

① 此诗作于2021年春节期间，某日酣睡，醒来已华灯初上，醒来寂寞感和空虚感蜂拥而至，遂作此诗。

唐俑吟①

明月照千里，异乡共清辉。
何执纤纤手，对镜等郎归。
郎且人海外，不知妾为谁。
恍惚记前世，执笔画蛾眉。

① 此诗作于 2017 年 8 月参观浙江省博物馆后。

冬至偶感①

男人而立已苍髯，半生碌碌未得闲。
青春作赋花酿酒，韶华当歌诗为田。
若得红袖添香夜，何虑下笔无千言。
江山不问功名第，唯羡陶朱山水间。

① 此诗作于 2021 年冬至。

仕女图[①]

风带霜色月如钩，黄昏酿酒入愁喉。
梦里佳人曾对视，醉后孤影上重楼。

① 此诗作于 2017 年 8 月参观浙江省博物馆后。

夏日山怀[①]

盛夏误入青山中，一色烟雨隐晴空。
葱葱郁郁叠峦嶂，影影绰绰掩峻峰。
抛却世间多少事，借来群山一缕青。
欲抒胸臆竟忘语，既无喧闹也无风。

---

① 2021 年 7 月，爱奇艺出品的《奇异剧本鲨》录制于桐庐青龙坞风景区，山色险峻，景色宜人，遂作此诗。

司马台长城怀古[①]

雄枕京师锁龙岩，万里铁关危欲悬。
戍边难顾英雄暮，报国不问此经年。
边陲冷月应还照，征夫旧梦换新天。
登临绝顶且嗟叹，再执长剑问河山。

① 2015年4月，《奔跑吧兄弟》第二季于北京密云古北水镇录制，录制结束后有一天假期，与友再登司马台长城。由于录制结束，心情异常轻松，遂作此诗。

蝶恋花·春寂①

春色才惹相思动，
花冷星寒，还扰三更梦。
新蕊不知别恨痛，
暗香又扫离人兴。
犹记钱塘折柳送，
雨打黄昏，风扯情更盛。
欲问归期期未定，
只言月落寒霜重。

① 作于2013年。

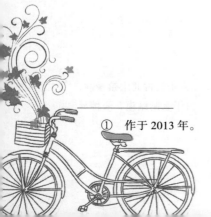

沁园春·黄河[①]

沧海横流，物是人非，尽入此河。
看滔滔往事，云烟过眼，中华儿女，可泣当歌。
问鼎中原，逐鹿天下，化作东风付酒舌。
村头妇，桑间濮上乐，郑卫城郭。

巨龙横贯中国，看尽世间悲欢几何。
望千年沃野，几经兴废，万顷波镜，曾照分合。
独立滩头，朔风萧瑟，一色新枝隐旧辙。
归来矣，看今朝名士，逐浪滂沱！

① 作于2012年，因录制《中国梦想秀》节目出差于郑州黄河风景名胜区，登临黄河滩，异常震撼，遂作此诗。

思乡曲[①]

山风静，小轩窗，
幽谷虫鸣童梦香。
蒲团扇，溪水响，
吊脚楼上笑语长。
忽而山歌逢日上，
劈柴汲水腊肉香；
阿哥负笈走四方，
阿妹林下浣衣忙。
家尚远，夜色凉，
道声故乡，别来无恙。

① 作于 2021 年。

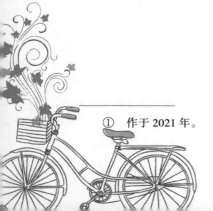

张家口宣化古城怀古[①]

万里风吹关山月，千滴雨打远征人。
春深不见章台路，夜半谁怜泪湿巾。

① 2010年游张家口市宣化古城和宣化博物馆，对边塞文化感触颇深，拟边塞诗一首。

古典叙事诗《宝黛曲》①

一曲红楼清歌行，半世幽梦半生情。
宝黛初会荣国府，阆苑美玉两朦胧。
纵有千般情愫在，只谓青梅竹马行。
常言男儿痴情重，谁晓女儿相思浓。
都言宝黛天缘配，又招蜂蝶花丛中。
前有警幻仙子事，初试云雨帏帐中。
花不袭人人自醉，雨不晴雯情自萌。
年少轻狂谁堪劝，混世魔王说重情。
书房睡帷皆脂粉，阴盛阳衰少祖风。
前念金钏跳井事，又怜晴雯寒夜中。
妹妹三唤二哥哥，尽是败世纨绔行。
都言颦儿气量窄，敢问何人可相容。
闲来乱吃胭脂粉，无事又惹女儿红。
闺中总有殷勤献，三番四次乱发疯。
你若混世你混世，何故又惹玉冰清。

① 此诗作于2020年，再读《红楼梦》有感而发，遂作此诗。

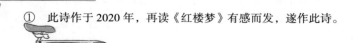

唯有黛玉真如玉，也嗔宝玉如顽灵。
可惜女儿真如水，从来男子最无情。
花谢花飞花依旧，不见葬花吟落红。
世间最叹红楼事，也误尘世也负卿。

我为什么要继承和发展汪国真的诗风（后记）

为了把自己的旧作整理成一本小集子并出版，我特地找了一位平日要好的诗友来帮我把关。谁知他刚刚翻开诗集就皱起了眉头，不解地问：“啊？为什么要继承汪国真的诗风啊？他的作品是不被中国的主流诗坛认可的。”

“那又怎样呢？”我反问道，“我的诗是写给自己和懂它的人的，又不是写给主流诗坛的。”

他又思考了一会儿说：“即使是这样，难道你不知道汪国真在中国诗坛就是‘俗’字的代名词吗？你打他的旗帜就是给这本书打了个大大的‘俗’字啊。”

他一句话把我给逗笑了，我说：“我都做综艺了还怕别人说我俗？这世间还有比综艺节目更通俗的大众文艺吗？”

他无奈地说：“好吧，即使这样……我的意思是说你也可以谁都不提，或者换一个人提，比如余光中、郑愁予、席慕蓉等人，别人想评论你的诗集还有的找补，你非要打着汪国真的旗号，即使有人觉得你的诗不错，但是鉴于层次的问题也不好置喙。”

我认真思考了一会儿，还是拒绝了：“我懂你的意思，也谢谢你的好意，但是如果真的冲着这些来出这本诗集的话，那它也就没有出版的意义了。”他似乎已经明白我的心思，也就不再多说什么。

我内心真实地知道他是为我好，同时也深深地担心这本书的命运。但是无论怎样，我希望我的创作观能像我的诗作一样用真感情，讲真话且找到真正的读者，而不是考虑诗歌之外的一些东西。说到这里，我们就有必要详细探讨中国的新诗和汪国真先生了。

中国的新诗也称为“现代诗”或“白话诗”，虽然同样是感于物而作的抒情性作品，但是与古代诗歌最大的区别就在于新诗不拘泥于格律，更强调情感抒发和意象营造。中国的新诗始于清末而盛于“新文化运动”[①]之后。当时中国正处于文化极度不自信的年代，整个社会强调文化革新和社会革命，更有甚者，一些极端的学者主张全盘否

---

① 20世纪初，中国一些先进知识分子发起的反对封建主义的思想解放运动，其基本口号是“德先生”和“赛先生”。新文化运动的倡导者以进化论观点和个性解放思想为主要武器，大力提倡新道德，反对旧道德，提倡新文学，反对文言文。

定中国的文化转而全面向西方学习[①]。在这种社会背景下兴起的新诗，更多的不是在审美意义上有多少进步，而是表现在诗歌形式上的革新。

从清末到中华人民共和国建立这段时期，我们看到中国新诗的发展从正面说是“百花齐放”，但是相对于中国传统文化的审美规则而言，很大一部分作品可能更像“群魔乱舞”。中国的古代诗歌发展到明清时期，格律之严谨很多时候已经限制了创作者的感情抒发。虽有“不以辞害意”的美学补充规则，但是文人之间的竞技仍然会使得大多数作品的规则性强于美学性。但是从欧美等国翻译而来的新诗形式则完全不一样，它不讲究格律，只强调感情抒发，而且还贯之以“文学革命”的美名。于是在“新文化运动”的旗帜下，人人都可以以“新诗”的名义附庸风雅一番。

在此期间，中国的新诗出现了强烈的散文和白话文倾向，即很多诗歌完全丧失了美学规则和意象限制，片面地强调情感抒发和社会意义。当然也有部分诗歌流派反对这种诗歌散文化的倾向，比如新月诗派[②]。他们提出了著名的“三

---

① 例如，当时北大教授钱玄同等人就强烈要求废除汉字，用希腊字母等取而代之，甚至康有为等人文化不自信到提出了种族更新的“大同计划”，更让人不齿。

② 新月诗派以闻一多、徐志摩、胡适、梁实秋等欧美留学生为主，以新月诗社为活动基地，模仿欧洲的十四行诗、泰戈尔的《新月集》等作品，推崇中国的新格律诗。

美”主张，即音乐美、绘画美、建筑美，因此新月诗派又被称为“新格律诗派”。新月诗派纠正了早期新诗创作过于散文化的倾向，但是最终因未能成为诗歌主流而归于沉寂。

从当时的社会背景来看，我个人认为新诗发展的社会和文化意义要远胜于其美学意义，尤其是中国共产党领导下的“左翼文学运动”，以高昂的革命斗志，通俗的语言和便于理解的白话形式相结合，极大地鼓舞和宣传了抗日救亡运动和民族解放运动。在民族解放运动和国家命运面前，任何文艺形式都必须为之让步，这是毫无疑义的。包括中华人民共和国建立后的很长一段时间，我国都长期处在恶劣的国际环境中，民族和国家的发展都是排在第一位的。大众文艺方面强调“重大题材”和“大众化”都有其积极的社会意义。

但是改革开放以后的新诗发展方向确实有些让人看不懂的地方。而此时恰恰又迎来了中国新诗的一个黄金时期——朦胧诗派[①]和伤痕文学的崛起。要谈朦胧诗派的贡献，我觉得首先要简述美学上的两个概念——形式美和内容美。

---

① 朦胧诗派是20世纪70年代末80年代初出现的诗派，其代表人物有北岛、舒婷、顾城、海子等。他们善于通过一系列琐碎的意象来含蓄地表达对社会阴暗面的不满与鄙弃，开拓了现代意象诗的新天地、新空间。朦胧诗派是新时期一个非常重要的文学流派，是“文化大革命”后期一群自我意识开始觉醒的青年，利用诗歌的形式对现实进行反思和追求诗歌独立的审美价值的产物。

所谓诗歌的形式美，即在诗歌的音韵、节奏和结构等方面存在一定的美学对称；而内容美则泛指诗歌所表达的社会情感和社会意义浓度相对较深。这两个概念不是相互对立的，而是相辅相成的。举例说明：宋词之前有一个叫花间派的流派，这个流派的遣词造句和音韵格律简直达到登峰造极的地步，但是内容只偏重宫廷男女情感和才子佳人的春愁秋寂，形式美虽好但是内容却极空洞。而兴盛于20世纪七八十年代的朦胧诗派在新诗的形式和语言格律方面并无过多的革新。这个流派之所以兴盛就在于它发展了新诗前所未有的意象深度和广度。把一代人的情感寄托于山河湖海、日夜云月等中国传统审美中的客观意象中，创造了中国新诗的一个新高峰。

但是朦胧诗派盛于斯也衰于斯。过于单一的情感内容，过于晦涩的意象组合和过于“内卷”的诗歌深度的比拼，让朦胧诗派很快走到了远离普通大众的一面。随着朦胧诗派的代表性人物海子因个人情感问题于1989年在山海关卧轨自杀，朦胧诗派的黄金岁月也随之一去不复返。

而对我的创作理念影响最大的汪国真先生则是在这之后短暂引领了中国新诗辉煌的里程碑式人物。可能我这样写会引起很多主流诗人的不屑，先别急着反驳，等我说清楚这其中的缘由，您可能会重新思考他的历史定位。汪国真先生早年毕业于暨南大学中文系，毕业后分配至中国艺术研究院从事编辑工作。先生从大二即开始新诗的写作和探索，直到参加工作好几年诗歌的退稿率仍然居高不下。其原因是他的写作风格和美学理念与当时盛行的朦胧诗派格格不入。他更强调诗歌的语言美和格律美，强调诗歌的意象浅显易懂和情感的直抒胸臆。这期间由于发行量超过百万的《读者文摘》等杂志转载了他的《热爱生命》《我微笑着走向生活》《假如你不够快乐》等名作，使得他的作品在青年群体中拥有了广泛的传阅度。

他的诗集能够出版也与青年群体的热切喜爱密不可分。1989 年，学苑出版社的编辑们偶然发现中学生在广泛传抄先生的诗集，各种各样的手抄本在校园里广泛流传。经过初步调查，该社迅速为汪国真出版了第一本诗集《年轻的潮》，几个月时间内这本诗集的销量就迅速累积到几十万册，随即一发不可收拾，后来出版的几本诗集也迅速火遍大江南北。随后的十年时间里这些诗集的销量超过了两百万册。

但是读者的喜爱和市场的赞誉，并未使汪国真获得主流诗坛的认可，反而多了很多无端的攻击和批评。这种批评主要集中在对他诗歌的内容深度和创作风格上，尤其是关于内容深度的批评。很多诗人和评论家认为汪国真的诗根本不能称之为诗，而是类似于有音律节奏的格言警句。同时他们也认为汪诗缺乏文化深度，内容偏于低龄化和口语化，随着读者年龄的增长，他的诗歌终将被心智成熟的读者抛弃。面对这些批评和指责，汪国真并未过多地回应和反驳，而是转向对书法、绘画和音乐等艺术的探索。在这些方面他也同样取得了非凡的成就，尤其是在书画方面，他的作品被国家选作对外交流的国务礼品赠送给外国来访的领导人。

我可以理解众多诗人和文艺评论家对汪国真的批评，但却无法接受。原因很简单：他们只集中于对诗歌内容上尚不完美的地方进行攻击，但是对于汪国真对新诗的贡献却视而不见。汪国真对新诗最大的贡献在哪里？我觉得是对新诗形式美方面的探索。不夸张地说新诗诞生一百多年来，汪国真对新诗形式美的贡献无出其右者。以先生的名作《热爱生命》为例：

我不去想是否能够成功
既然选择了远方
便只顾风雨兼程

我不去想能否赢得爱情
既然钟情于玫瑰
就勇敢地吐露真诚

我不去想身后会不会袭来寒风冷雨
既然目标是地平线

留给世界的只能是背影

我不去想未来是平坦还是泥泞
只要热爱生命
一切，都在意料之中

如果我们仔细吟诵就会发现，这首诗的很多句子之所以会像“锄禾日当午”一样被人记住并传诵，就是因为它遵循了汉语发音规律的节奏性和韵律美。在中国传统文化中，从来“诗”和“歌”都是联系在一起的，古人称念诗为“吟诗”。古诗的押韵、平仄、对偶等要求都是根据吟诵时的旋律来的，只是随着“新文化运动”的发展此规则不再被提起了而已。这样看来诗歌和散文等其他文体最大的区别不应该是是否分了行或者分行的形式有多么个性，而是诗歌是否具有汉语语言的韵律美。汪国真的诗之所以能广为传诵，与其作品中所具备的音乐性和节奏性是分不开的。

而这一点恰恰是清末以来很多新诗所不具备的，而纵观新诗中能够广泛流传的朦胧诗派的名句：“我有一所房子，面朝大海，春暖花开。”“黑夜给了我黑色的眼睛，我却用它寻找光明。”“卑鄙是卑鄙者的通行证，高尚是高尚者的墓志铭。”……诸多名句无一不遵循了汉语语音美学中的韵律性：音节规则，用韵讲究，读起来朗朗上口。所以单纯靠琐碎的意象和所谓深度是不足以让一首诗歌成为广为流传的经典作品的。如果自己的诗歌没有得到流传，首先应该反思的是作品问题，而不是抱怨读者的审美情趣。

这一点大家也不需要抬杠，关于新诗的发展我们开国领袖毛主席就曾经指出：“无论文艺的任何部门，包括诗歌在内，我觉得都应是适合大众需要的才是好的。”[①]比如有学者就曾经整理相关文献做出如下论述。1957 年 1 月 12 日，毛泽东给臧克家等人写了那封著名的主张“诗当然应以新诗为主体”的信。仅隔一天，毛泽东又约臧克家、袁水拍进行面谈。其中对新诗的发展、改革问题谈得较多。例如：“新诗的成绩不能低估。”“新诗改革最难，至少需要五十年。”“关于诗，有三条：（一）精炼；（二）有韵；（三）一定的整齐，但不是绝对的整齐。要编一本现代诗韵，使大家有所遵循。”“新诗太散漫，记不住。”“新诗应该精炼，大体整齐，押大致相同的韵。也就是说，应该在古典诗歌、民歌的基础上发展新诗……”[②]

从上述我所阐释的个人创作观看，我必须承认在这些方面汪国真老师对我的影响是巨大的。这本书里面的大多

---

① 毛泽东 . 致路社常务委员会［J］. 新诗歌，1942（8）.

② 党学谦 . 致力于维护中国诗歌民族特色的领袖诗人：兼谈毛泽东的诗词理论［EB/OL］.（2015-12-16）［2022-10-6］. http://www.dswxyjy.org.cn/n1/2019/0228/C423794-3093010/.html.

数作品在不影响感情抒发的前提下，我像汪老师一样尽量保持诗歌创作的韵律性和规则性，很多作品创作时为了能让句子读起来更有节奏感和押韵，我反复地推敲和修改，直到自己完全满意。而要想让自己的诗歌在音律方面有所提高，最好的办法莫过于向古典的格律诗学习写作技巧。所以在本书的第五辑也收录了部分不成熟的古典诗歌作品。但是它们并非严格的格律诗，除了少部分标注了词牌的作品外，其他只是借鉴古典风格的创作尝试。在创作风格上，我也很喜欢汪老师清丽婉约的诗风，这一点在本书第二辑《红尘情歌》中体现尤为明显。

而在艺术的继承和发展方面，我更相信齐白石老先生告诫弟子们的那句话——学我者生，似我者死。所以在本文语境中“发展”一词的确切含义，是指在汪老师的基础上发展出个人的风格，而非指代艺术高度和艺术成就。在继承汪老师上述艺术理念的基础上，本书诗歌的主要特点如下：

从题材选择来看，汪诗集中于表现年轻人抽象普世情感的哲理性作品，而本书的诗歌集中于表现比较具象化的乡情、亲情、友情、爱情等方面的情感性作品。每一首诗都是因某件事的深刻触动内化而来。如果汪老师的作品像五星级酒店的自助早餐的话，那这本书中的作品则更像夜间路边摊的啤酒加烧烤。

可能跟我从事的综艺编导职业有关，我在创作上更加喜欢用画面性的语言。我喜欢用生活中随处可见的事物勾勒出一幅情感画面，用这幅画面中最动人的细节来捕捉特写，用这些细节感染自己和读者。所以我希望自己的作品达到的艺术效果可以像白居易的诗一样：只要你情感够丰富，我就有信心让这些作品触及你内心深处最温暖的部分。

这本书里面的作品时间跨度超过二十年。它更强调一种在路上的感觉，在做节目的过程中所遇到的一些人和经历的事，所到达过的一些地方都会使我很受感动。在受到触动之后我会迅速用画面性的语言把它们记录下来。

最后是关于这本书的书名“候鸟逐巢”，它的含义很简单：我们是经历中国大规模城市化的一代人。这个过程我们的父辈虽然也经历了，但是没有我们感受更深刻，未来城市化进程初步完成，大规模的迁徙也会大幅缩减，我们这代人像候鸟一样往返于故乡和陌生城市之间。有人说“故乡装不下身体，城市容不下灵魂。”我亦有同感，愿这本书里的作品能抵达你温暖的内心。

王艳锋

2022 年 11 月 于杭州